楚尘
文化
Chu Chen

北京楚尘文化传媒有限公司 出品

沈从文别集

貴生集

沈从文 著

中信出版集团 · 北京

图书在版编目（CIP）数据

贵生集 / 沈从文著. -- 北京：中信出版社，
2017.2
（沈从文别集）
ISBN 978-7-5086-6894-9

Ⅰ. ①贵… Ⅱ. ①沈… Ⅲ. ①中国文学－现代文学－作品综合集 Ⅳ. ①I216.2

中国版本图书馆CIP数据核字(2016)第256358号

贵生集

著　　者：沈从文
出版发行：中信出版集团股份有限公司
（北京市朝阳区惠新东街甲4号富盛大厦2座　邮编　100029）
承 印 者：北京华联印刷有限公司

开　　本：787mm×1092mm　1/32
印　　张：8.75
字　　数：106千字
版　　次：2017年2月第1版
印　　次：2017年2月第1次印刷
书　　号：ISBN 978-7-5086-6894-9
广告经营许可证：京朝工商广字第8087号
定　　价：36.00元

图书策划：楚尘文化

再版序

上个世纪五十年代，不少喜爱文学的读者迷上了契诃夫，这跟平明出版社接连推出27册汝龙翻译的《契诃夫小说选集》直接有关。

那时我家至少有三个契诃夫迷：做文学编辑的母亲、哥哥和我。谈论哪篇小说怎么怎么好，是不倦的话题。已经退出文坛改了行的父亲不参与，只有时微笑着对外人说："家里有三个契诃夫的群众。"

汝龙译的这套选集可贵之处，首先在于对作品的精选；第二是选进一些契诃夫的书信、札记，别人对他的回忆、评论等，分编到不同集子里，这些文字拉近了读者和作者的距离，是汝龙先生锦上添花的贡献。

到1992年编选《沈从文别集》的时候，我们自然想到从平明版《契诃夫小说选集》取法。这也是父亲的愿望，尽管他不参与“契诃夫群众”的热情讨论，汝龙这套译本的长处他胸中有数。

我问过父亲汝龙为什么常赠送新书，他只简单说：“是朋友。”

母亲的补充才说清楚：“他翻译的那套英文契诃夫小说是我送的。”

据我充和四姨回忆，1932 年暑假，一个“说是由青岛来的，姓沈，来看张兆和的”羞涩客人，初次登苏州张家门，带的一大包礼物“全是英译精装本的俄国小说”。加尼特夫人的一套英译《契诃夫小说集》就在其中。

不懂外文的沈从文怎么买洋书？四姨说那是过上海时托巴金选购的。

父亲曾希望母亲朝文学翻译方面发展，送这样礼物包含着鼓励。愿望虽然没实现，礼物却终于转到最合适的人手里，促成被誉为契诃夫小说“最佳译本”的产生。朋友的成就四十年后启发着《沈从文别集》的编选工作。

当本书再版之际，我们感谢与它有缘分的几位文学前辈，也要感谢为我们想出《沈从文别集》总书名的汪曾祺先生。

沈虎雏

总序

从文生前，曾有过这样愿望，想把自己的作品好好选一下，印一套袖珍本小册子。不在于如何精美漂亮，不在于如何豪华考究，只要字迹清楚，款式朴素大方，看起来舒服。本子小，便于收藏携带，尤其便于翻阅。八十年代初，有一家书店曾来联系过，也曾请人编了一套，交付出去。可是，落空了，未能实现。我一直认为是一件憾事。

现在湖南岳麓书社要为从文出书，我同虎雏商量，请吉首大学沈从文研究室合作，编选这么一套。这套选本和以前选法编法不同。我们在每本小册子前面，增加一些过去旧作以外的文字。有杂感，有日记，有检查，有未完成的作品，主要是书信——都是近年搜集整理出来的，大部分未发表过。不管怎样，这些篇章，或反映作者当时对社会、对文艺创作、对文史研究……的一些看法，或反映作者当时的处境，以及内心矛盾哀乐苦闷，把它们发表出来，容或有助于读者从较宽的角度对他的作品、对他的为人以及对当时的环境背景有进一步了解。

出这套书，当然，同时也了却死者和生者的一点心愿。

张兆和

一九九一年十一月二十九日

目录

从文史料选

一个长会的发言稿[1]

从五零年起，我即参加革大、作协、文联和以后政协的学习，没有间断。到目前为止还是不会把学到的体会，比较有条理的说出来。如果学习是用说话来测验进展和思想改造程度，我恐怕是最落后的一个，在同志考验下，只能得个零分。这一方面是思想落后的表现，另一方面，也是从小就不善于在不同业务的人面前说话，习惯真是不容易改正，和思想差不多的。再鼓励我，也是不成功的。不过我有另一种理会，就是思想改造如果主要是在为社会主义服务，为生产建设科学实验而服务，能结合我业务学习及工作范围，来检查工作和思想，倒

[1] 是不是按这稿发过言，尚不清楚。

似乎比较有边，也能作出稍微有条理的分析。学得比较好，做得比较对是某几方面，不好不对处，又还有些什么，都容易谈。

如象这么坐下来，离开具体业务，单独谈思想问题，虽能接触到思想问题，可并不能解决思想问题。说“思想改造”，对他人说，情形我不大明白，对我说，作用也许不怎么大。

因为这十多年我是在博物馆做研究工作的，和“人”接触的机会比较少，和坛子、罐子、绸子、缎子打交道却特别多。甚至于可以说一天想到的全是这些事情。照文化部对研究员的要求，是对内为陈列提供各种材料以外，并对外为生产、教学和研究而服务。因此学的真象个杂货铺，什么料想不到的问题多少也得有点常识。这里也有政治，也有科学，还有艺术。在工作方法上更必需学习用辩证唯物主义思想方法才搞得通。材料常是十万八万，问题且多而又多，很多过去还是空白点，解放后才有条件来着手摸索的，都需要把史部中的文献和出土的东东西西，和留在图画上的形形色色，三者结合起来看问题，分析判断，才能提得出较新的结论。大家都知道我过去又算不得是个读书人，只能写点不三不四小说的半知识分子。先是当了几年兵油子，后来却在文化界混了好一阵，真正认真切实的学，还是从到博物馆才起始。十多年大部分时间是消耗到图书馆和库房里边，出去参观也经常是钻入别的库房，和坟里挖出的东西打交道。和外面人接触，也不外三部分人：一、偶尔来些国外搞文物的专家，组织上派我出出面，谈问题，供咨询。二、国内编书教书的年青教师，和烧瓷织绸缎生产上的同志，要具体谈毛主席说的把学习优秀传统来古为今用，要明白具体一些，我来提材料，并指明出处。大致不会有太大错误。三、是演历史故事戏，作历史人物画和雕刻，什么样子才比较对，穿衣、骑马、打仗、吃喝，不同时代有什么不同，有什么材料可参考，我懂得多些也详细些。

绝大部分心力都是使用到这上面了，除此以外也几乎没有生活可言。虽然也相当羡慕老朋友如巴金、冰心、老舍这些人，经常到世界各处走动，见闻广博，心胸畅朗，但是我从不唉声叹气，有什么埋怨。我的工作岗位既在博物馆，一切是为人民服务，为建设社会主义祖国服务。这种文化仗既然也得人打，我就打下去。正因为搞这种杂学的人国内并不多，我还只想一个人揽五个人事做。说拥护党，热爱国家，思想改造程度如何，只有从这些工作学习上求了解，作检查，才能够明白得失。什么方面打得比较好，什么打的不好，什么方面且走错了路，再来改正，思想改造也就比较容易落实。一离开工作实践，我就不知道怎么说好了。

这也就是党给荣誉参加了政协，十年来我只发言一次，而提案积起来却有廿多件的原因。因为提的案，多涉及我工作范围，为了全国一盘棋共同提高的问题，为了建设社会主义，我能协助其他教学战线、生产战线尽一点力的部分。可以从实践去证明的。我认为学的本来就是为了用，在这些方面多出点力，也是应该的。也有可能会犯有“厚古薄今”的错误，求改正，依然还是得从实践作去，才能见效果。

近些日子因血压高，心脏供血不良，经常隐痛，坐到桌子边读书二三小时，即眼睛发肿，视觉短期失明。有时头沉重得可怕，不免有些急躁，觉得生命受自然严酷限制，可有效使用时间已不多。学习重在思想改造，本为更好建设社会主义，与其尽我坐下来谈“学习心得”，不如给我以机会，趁我精力还得用时，让我去全国走走，就各大博物馆陈列和库藏到处学学，也到处提出些意见，解决他们的问题。并去各个美术学校，各个烧造瓷器生产地区，特别是江西景德镇陶瓷研究所、陶瓷博物馆、陶瓷学校，参观一二月，他们生产上的花纹和造型，陈列上的说明，以及教学上的有关教材应用诸问题，我提供的意见，大体上是可望有较好效果的。此外，我搞古代丝绸花纹，常识比较丰富，苏、杭、申、宁、成都等绸缎生产地区，新的生产固然早已突过前人，有万千好花样出现。但过去明清六百年生产，也还有千百种配色构图十分精美，值得参考取法的，可以充实丰富以新内容的，如今多冻结在库房里，不能发生应有作用，学校方面不知道，生产方面也不知道。因此，如苏州仿织宋锦，多似是而非，颜色暗淡，花纹别扭。成都则生产蜀锦有两千年历史，新产品却花纹失调，并近二百年有什么产品可供参考取法也不明白。有个研究所，拟出图录，竟把乾隆时织物当成唐代的。南京云锦丝绸研究情形也相差不多。杭州都锦生产在国际上负有盛名，也由于不明传统配色法，技术高而艺术未过关，不够令人满意。我想即用我所学，去成都、南京、苏州、杭州用二个月走一转，了解一下生产上目前的问题，回来后根据情形，就历博、故宫收藏，调二三百种可供生产参考的材料，再分别去各地美术学校或工厂，作短期展出，共用四个月时间，将可以为国家作许多有用事情！

我懂得生产情形较多些，我今后的工作，也就更容易配合需要，作得更有效果。能和老师傅年青工人打成一片，对个人思想改造，更显明比这么坐下来谈个三几月完全不同。

未完篇

无从驯服的斑马[1]

我今年已活过了八十岁，同时代的熟人，只剩下很少几位了。从名分上说，我已经很象个“知识分子”。就事实上说，可还算不得正统派认可的“知识分子”。因为进入大城市前后虽已整整六十年，这六十年的社会变化，知识分子得到的苦难，我也总有机会，不多不少摊派到个人头上一份。工作上的痛苦挣扎，更可说是经过令人难于设想的一个过来人。就我性格的必然，应付任何困难，一贯是沉默接受，既不灰心丧气，也不呻吟哀叹，只是因此，真象奇迹一般，还是依然活下来了。体质上虽然相当脆弱，性情上却随和中见板质，近于“顽固不

[1] 这是作者写于1983年春的一篇未完成作品。

化”的无从驯服的斑马。年龄老朽已到随时可以报废情形，心情上却还始终保留一种婴儿状态。对人从不设防，无机心。且永远无望从生活经验教育中，取得一点保护本身不受欺骗的教训，提高一点做个现代人不能不具备的警惕或觉悟。政治水平之低，更是人所共睹，毋容自讳。不拘什么政治学习，凡是文件中缺少固定含义的抽象名词，理解上总显得十分低能，得不出肯定印象，作不出正确的说明。卅年学习，认真说来，前后只象认识十一个字，即“实践”，“为人民服务”，和“古为今用”，影响到我工作，十分具体。前面七个字和我新的业务[1]关系密切，压缩下来，只是一句老话，“学以致用”。由于过去看杂书多，机会好，学习兴趣又特别广泛，同时记忆力也还得用，因此在博物馆沉沉默默学了三十年，历史文物中若干部门，在过去当前研究中始终近于一种空白点的事事物物，我都有机会十万八万的过眼经手，弄明白它的时代特征，和在发展中相互影响的联系。特别是坛坛罐罐花花朵朵，为正统专家学人始终不屑过问的，

[1] 新的业务指 1949 年以后的业务。

我却完全象个旧北京收拾破衣烂衫的老乞婆，看得十分认真，学下去。且尽个人能力所及，加以收集。到手以后，还照老子所说，用个“为而不有”的态度，送到我较熟习的公共机关里去，供大家应用。职业病到一定程度下日益严重，是必然结果。个人当时收入虽有限，始终还学不会花钱到吃喝服用上去。总是每月把个人收入四分之一，去买那些“非文物”的破烂。甚至于还经常向熟人借点钱，来做这种“蠢事”。因此受的惩罚也使人够受的。但是这些出于无知的惩罚，只使我回想到顽童时代，在私塾中被前后几个老秀才按着我，在孔夫子牌位前，狠狠的用厚楠竹块痛打我时的情形，有同一的感受。稍后数年，在军队中见那些杀戮，也有个基本相同的看法，即权力的滥用，只反映出极端的愚蠢，不会达到他们预期的效果。

使我记忆较深刻且觉得十分有趣的，是五 × 年正当文物局在北都举行一次全国博物馆工作会议时，或许全国各大博物馆文物局的负责人和专家，都出了席。我所属的工作单位，有几位聪明过人的同事，却精心着意在午门两廊，举行了个“内部浪费展览会”，当时看来倒象是很有必要的一种措施。事先没有让我参加展出筹备工作，直到有大批外省同事来参观时，我才知道这件事。因为用意在使我这文物外行丢脸，却料想不到反而使我格外开心。我还记得第一柜陈列的，是我从苏州花三十元买来明代白绵纸手抄两大函有关兵事学的著作，内中有一部分是图象，画的是些奇奇怪怪的云彩。为馆中把这书买来的原因，是前不多久北京图书馆刊正把一部从英国照回来的敦煌写本《望云气说》卷子加以刊载，并且我恰好还记得史记上载有卫青、霍去病出征西北，有派王朔随军远征“主望云气”记载。当时出兵西北，征伐连年，对于西北荒漠云气变化，显然对于战事是有个十分现实的意义。汉代记载情形虽不多，《汉书·艺文志》中，却有个“黄帝望云气说”，凡是托名黄帝的著述，产生时间至晚也在春秋战国时已出现。这个敦煌唐代望云气卷子的重要性，却十分显明。好不容易得来的这个明代抄本，至少可以作为校勘，得到许多有用知识，却被当成“乱收迷信书籍当成文物”过失看待。可证明我那位业务领导如何无知。我亲自陪着好几个外省同行看下去，他们看后也只笑笑，无一个人说长道短，更无一人提出不同意见。于是我又陪他们看第二柜“废品”，陈列的是一整匹暗花绫子，机头上还织得有“河间府织造”几个方方整整宋体字。花绫是一尺三左右的窄筘织成的，折合汉尺恰是二尺宽度。大串枝的花纹，和传世宋代范淳仁诰敕相近。收入计价四元整。亏得主持这个废品展览的同事，想得真周到，还不忘把原价写在一个卡片上。大家看过后，也只笑笑。我的上司因为我在旁边不声不响，也奉陪笑笑。我当然更特别高兴同样笑笑。彼此笑的原因可大不相同。我作了三十年小说，想用文字来描写，却感到无法着手。当时馆中同事，还有十二个学有专长的史学教授，看来也就无一个人由此及彼，联想到河间府在汉代，就是河北一个著名丝绸生产区。南北朝以来，还始终有大生产，唐代还设有织绫局，宋、元、明、清都未停止生产过。这个值四元的整匹花绫，当成“废品”展出，说明个什么问题？结果究竟丢谁的脸？快三十年了，至今恐还有人自以为曾作过一件绝顶聪明，而且取得胜利成功伟大创举。本意或在使我感到羞愤因而离开。完全出于他们意外，就是我竟毫不觉得难受。并且有的是各种转业机会，却都不加考虑放弃了。竟坚决留下来，和这些人一同共事卅年。我因此也就学懂了丝绸问题，更重要还是明白了一些人在新社会能吃得开，首先是对于“世故哲学”的善于运用。这一行虽始终是个齐人滥竽的安乐窝，但一个真正有心人，可以学习的事事物物，也还够多，也可说是个永远不会毕业的学校。以文学实践而言，一个典型新式官僚，如何混来混去，依附权势，逐渐向上爬，终于“禄位高升”的过程，就很值得仔仔细细作十年八年调查研究，好好写出来。虽属个别现象，同时也能反映整个机构的……

贵 生

贵生在溪沟边磨他那把镰刀，锋口磨得亮堂堂的。手试一试刀锋后，又向水里随意砍了几下。秋天来溪水清个透亮，活活的流，许多小虾子脚攀着一根草，在水里游荡，有时又躬着个身子一弹，远远的弹去，好象很快乐。贵生看到这个也很快乐。天气极好，正是城市里风雅人所说“秋高气爽”的季节，贵生的镰刀如用得其法，就可以过一个有鱼有肉的好冬天。秋天来，遍山土坎上芭茅草开着白花，在微风里轻轻的摇，都仿佛向人招手似的说：“来，割我，乘天气好磨快了你的刀，快来割我，挑进城里去，八百钱一担，换半斤盐好，换一斤肉也好，随你的意！”贵生知道这些好处。并且知道五担草就能够换个猪头，揉四两盐腌起来，那对猪耳朵，也够下酒两三次！一个月前打谷子时，各家田里放水，人人用鸡笼在田里罩肥鲤鱼，贵生却磨快了他的镰刀，点上火把，半夜里一个人在溪沟里砍了十来条大鲤鱼，全用盐揉了，挂在灶头用柴烟熏得干干的。现在磨刀，就准备割草，挑上城去换年货。正象俗话说的：两手一肩，快乐神仙。村子里住的人，因几年来城里东西样样贵，生活已大不如从前，可是一个单身汉子，年富力强，遇事肯动手，又不胡来乱为，过日子总还容易。

贵生住的地方离大城廿里，离张五老爷围子两里。五老爷是当地财主，近边山坡田地大部分归五老爷管业，所以做田种地的人都与五老爷有点关系。五老爷要贵生做长工，贵生以为做长工不是住围子就得守山，行动受管束，不愿意。自己用镰刀砍竹子，剥树皮，搬石头，在一个小土坡下，去溪水不远处，借五老爷土地砌了一栋小房子，帮五老爷看守两个种桐子的山坡，作为借地住家的交换。住下来他砍柴割草为生。春秋二季农事当忙时，有人要短工帮忙，他邻近五里无处不去帮忙（食量抵两个人，气力也抵两个人）。逢年过节村子里头行人捐钱扎龙灯上城去比赛，他必在龙头前斗宝，把个红布绣球舞得一团火似的，受人喝彩。春秋二季答谢土地，村中人合伙唱戏，他扮王大娘补缸的补缸匠，卖柴扒的程咬金。他欢喜喝一杯酒，可不同人酗酒打架。他会下盘棋，可不象许多人那样变棋迷。间或也说句笑话，可从不口角伤人。为人稍微有点子憨劲，可不至于傻相。虽是个干穷人，可穷得极硬朗自重。有时到围子里去，五老爷送他一件衣服，一条裤子，或半斤盐，他心中不安，必在另外一时带点东西去补偿。他常常进城去卖柴卖草，就把钱换点应用东西。城里尚有个五十岁的老舅舅，给大户人家作厨子，不常往来，两人倒很要好。进城看望舅舅时，他照例带点礼物，不是一袋胡桃，一袋栗子，就是一只山上装套捕住的黄鼠狼，或是一只野鸡。到城里有时住在舅舅处，那舅舅晚上无事，必带他上河沿天后宫去看夜戏，消夜时还请他吃一碗牛肉面。

在乡下，远近几里村子上的人，都和他相熟，都欢喜他。他却乐意到离住处不远桥头一个小生意人铺子里去。那开杂货铺的老板是沅水中游浦市人，本来飘乡作生意，每月一次，挑货物各个村子里去和乡下人做买卖，吃的用的全卖。到后来看中了那个桥头，知道官路上往来人多，与其从城里打了货四乡跑，还不如在桥头安个家。一面作各乡生意，一面搭个亭子给过路人歇脚，就近作过路人买卖。因此就在桥头安了家。住处一定，把老婆和一个十三岁的小女孩也接来了。浦市人本来为人和气，加之几年来与附近各村子各大围子都有往来，如今来在桥头开铺子，生意发达是很自然的。那老婆照浦市人中年妇女打扮，头上长年裹一块长长的黑色绉绸首帕，把眉毛拔得细细的。一张口甜甜的，见男的必称大哥，女的称嫂子，待人特别殷勤。因此不到半年，桥头铺子不特成为乡下人买东西地方，并且也成为乡下人谈天歇息地方了。夏天桥头有三株大青树，特别凉爽。冬天铺子里土地上烧的是大树根和油枯饼，火光熊熊——真可谓无往不宜。

贵生和铺子里人大小都合得来，手脚又勤快，几年来，那杂货铺老板娘待他很好，他对那个女儿也很好。山上多的是野生瓜果，栗子榛子不出奇，三月里他给她摘大莓，六月里送她地枇杷，八九月里还有出名当地、样子象干海参、瓤白如玉如雪的八月瓜，尤其逗那女孩子欢喜。女孩子名叫金凤。那老板娘一年前因为回浦市去吃喜酒，害蛇钻心病死掉了，杂货铺充补了个毛伙，全身无毛病，只因为性情活跳，取名叫做癞子。

贵生不知为什么总不大欢喜那癞子，两人谈话常常顶板，癞子却老是对他嘻嘻笑。贵生说：“癞子，你若在城里，你是流氓；你若在书上，你是奸臣。”癞子还对他笑。贵生不欢喜癞子，那原因谁也不明白，杂货铺老板倒知道，因为贵生怕癞子招郎上门，从帮手改成驸马。

贵生其时正在溪水边想癞子会不会作“卖油郎”，围子里有人搭口信来，说五爷要贵生看看南山桐子熟了没有，看过后去围子里回话。

贵生听了信，即刻去山上看桐子。

贵生上了山，山上泥土松松的，树根蓬草间，到处有秋虫鸣叫。一下脚，大而黑的油蛐蛐，小头尖尾的金铃子各处乱蹦。几个山头看了一下，只见每株树枝都被饱满坚实的桐木油果压得弯弯的，好些已落了地，山脚草里到处都是。因为一个土塍上有一片长藤，上面结了许多颜色乌黑的东西，一群山喜鹊喳喳的叫着，知道八月瓜已成熟了，赶忙跑过去。山喜鹊见人来就飞散了。贵生把藤上八月瓜全摘下来，装了半斗笠，预备带回去给桥头金凤吃。

贵生看过桐子回到家里，晚半天天还早，就往围子去禀告五爷。

到围子时，见院里搁了一顶轿子，几个脚夫正闭着眼蹲在石碌碡上吸旱烟管。贵生一看知道城里另外来了人，转身往仓房去找鸭毛伯伯。鸭毛伯伯是五老爷围子里老长工，每天坐在仓房边打草鞋。仓房不见人，又转往厨房去，才见着鸭毛伯伯正在小桌边同几个城里来的年青伙子坐席，用大提子从黑色瓮缸里舀取烧酒，煎干鱼下酒。见贵生来就邀他坐下，参加他们的吃喝。原来新到围子的是四爷，刚从河南任上回城，赶来看五爷，过几天又得往河南去。几个人正谈到五爷和四爷在任上的种种有趣故事。

一个从城里来的小秃头，老军务神气，一面笑一面说：

“人说我们四老爷实缺骑兵旅长是他自己玩掉的。一个人爱玩，衣禄上有一笔账目，不玩见阎王销不了账，死后来生还是玩。上年军队扎在汝南，一个月他玩了八个，把那地方尖子货全用过了，还说：‘这是什么鬼地方，女人都是尿脬做成的，要不得。一身白得象灰面，松塌塌的，一点儿无意思，还装模作态，这样那样。'你猜猜花多少钱。四十块一夜，除王八外块不算数。你说，年青人出外胡闹不得，我问你，我们哥子们想胡闹，成不成？一个月七块六，伙食三块三除外还剩多少？不剃头，不洗衣，留下钱来一年还不够玩一次，我的伯伯，你就让我胡闹，我从哪里闹起！"

另一高个儿将爷说：

"五爷人倒好，这门路不象四爷乱花钱。玩也玩得有分寸，一百八十随手撒，总还定个数目。"

鸭毛伯伯说：

"牛肉炒韭菜，各人心里爱。我们五爷花姑娘弄不了他的钱，花骨头可迷住了他。往年同老太太在城里住，一夜输二万八，头家跟五爷上门来取话，老太太爱面子，怕五爷丢丑，以后见不得人，临时要我们从窖里挖银子，元宝一对一对刨出来，点数给头家。还清了债，笑着向五爷说：'上当学乖，下不为例。手气不好，莫下注给人当活元宝啃，说张家出报应！'"

"别人说老太太是怄气死的。"

“可不是。花三万块钱挣了一个大面子，再有涵养也不能不心疼！明明白白五爷上了人的当，哑子吃黄连，怎不生气？一包气闷在心中，病了四十天，完了，死了。”

“可是五爷为人有孝心，老太太死时，他办丧事做了七七四十九天道场，花了一万六千块钱，谁不知道这件事！都说老太太心好命好，活时享受不尽，死后还带了万千元宝锞子，四十个丫头老妈子照管箱笼，服侍她老人家一路往西天，热闹得比段老太太出丧还人多，执事挽联一里路长。有个孝子尽孝，死而无憾。”

鸭毛伯伯说：

“五爷怕人笑话，所以做面子给人看。因为老太太生前爱面子，五爷又是过房的，一过来就接收偌大一笔产业。老太太如今归天了，五爷花钱再多也应该。花了钱，不特老太太有面子，五爷也有面子。人都以为五爷傻，他才真不傻！若不是花骨头迷心，他有什么可愁的！

“不多久在城里听说又输了五千。后来想冲一冲晦气。要在潇湘馆给那南花湘妃挂衣，六百块钱包办一切，还是四爷帮他同那老婊子说妥的。不知为什么，五爷自已临时又变卦，去美孚洋行打那三抬一的字牌，一夜又输八百。六百给那花王开苞他不干，倒花八百去熬一夜，坐一夜三顶拐轿子，完事时给人开玩笑说：谢谢五爷送礼。真气坏了四爷。

“花脚狗不是白面猫，各有各的脾气。银子到手哗喇哗喇花，你说莫花，这哪成！这些人一事不作偏有钱，钱财象是命里带来的。命里注定它要来，门板挡不住；命里注定它要去，索子链子缚不住。王皮匠捡了锭银子，睡时搂到怀里睡，醒来银子变泥巴。你我是穷人，和黄花姑娘无缘，和银子无缘，就只和酒有点缘分。我们喝完了这碗酒，再喝一碗罢。贵生，同我们喝一碗，都是哥子弟兄，不要拘拘泥泥。”

贵生不想喝酒，捧了一大包板栗子，到灶边去，把栗子放在热灰里煨栗子吃。且告给鸭毛伯伯，五爷要他上山看桐子，今年桐子特别好，过三天就是白露，要打桐子也是时候了。哪一天打，定下日子，他好去帮忙。看五爷还有不有话吩咐，无话吩咐，他回家了。

鸭毛伯伯去见五爷禀白：“溪口的贵生已经看过了桐子，山向阳，今年霜降又早，桐子全熟了，要捡桐子差不多了。贵生看五爷还有什么话吩咐。”

城里来的四爷正同五爷谈卜术相术，说到城里中街一个杨半痴，如何用哲学眼光推人流年吉凶和命根贵贱，把个五爷说的眉飞色舞。听说贵生来了，就要鸭毛叫贵生进来有话说。

贵生进院子里时，担心把五爷地板弄脏，赶忙脱了草鞋，赤着脚去见五爷。

五爷说：“贵生，你看过了我们南山桐子吗？今年桐子好的很，城里油行涨了价，挂牌二十二两三钱，上海汉口洋行都大进。报上说欧洲整顿海军，预备世界大战，买桐油漆大战舰，要的油多。洋毛子欢喜充面子，不管国家穷富，军备总不愿落人后。仗让他们打，我们中国可以大发洋财！”

贵生一点不懂五爷说话的用意，只是带着一点敬畏之忱站在堂屋角上。

鸭毛伯伯打圆儿说：“五爷，我们什么时候打桐子？”

五爷笑着：“要发洋财得赶快，外国人既等着我们中国桐油油船打仗，还不赶快一点？明天打后天都好。我要自己去看看，就便和四爷打两只小毛兔玩。贵生，今年南山兔子多不多？趁天气好，明天去罢。”

贵生说：“五爷，您老说明天就明天，我家里烧了茶水，等四爷五爷累了歇个脚。没有事我就走了。”

五爷说：“你回去罢。鸭毛，送他一斤盐两斤片糖，让他回家。”

贵生谢了谢五爷，正转身想走出去，四爷忽插口说：“贵生，你成了亲没有。”一句话把贵生问得不知如何回答，望着这退职军官私欲过度的瘦脸，把头摇着，只是好笑，他想起几句流行的话语：“婆娘婆娘，磨人大王，磨到三年，嘴尖毛长。”

鸭毛接口说：“我们劝他看一门亲事，他怕被女人迷住了，不敢办这件事。”

四爷说：“贵生，你怕什么？女人有什么可怕？你那样子也不是怕老婆的。我和你说，看中了什么人，尽管把她弄进屋里来。家里有个婆娘，对你有好处，你不明白？尽管试试看，不用怕！”

贵生记起刚才在厨房里几个人的谈话，所以轻轻的说：“一个人有一个人的命，勉强不来。”随即同鸭毛走了。

四爷向五爷笑着说：“五爷，贵生相貌不错，你说是不是。”

五爷说：“一个大憨子，讨老婆进屋，我恐怕他还不会和老婆做戏！”

贵生拿了糖和盐回家，绕了点路过桥头杂货铺去看看。到桥头才知道当家的已进城办货去了，只剩下金凤坐在酒坛边纳鞋底。见了贵生，很有情致的含着笑看了他一眼，表示欢迎。贵生有点不大自然，站在柜前摸出烟管打火吸烟，借此表示从容，“当家的快回来了？”

金凤说：“贵生，你也上城了吧，手里拿的是什么？”

“一斤盐，两斤糖，五老爷送我的。我到围子里去告他们打桐子。”

“你五老爷待人可好？”

“城里四老爷也来了，还说明天要来山上打兔子……”贵生想起四爷先前说的一番话，咕咕的笑将起来。

金凤不知什么好笑，问贵生：“四爷是个什么样人物。”

“一个大军官，听说做过军长、司令官，一生就是欢喜玩，把官也玩掉了。”

"有钱的总是这样过日子，做官的和开铺子的都一样。我们浦市源昌老板，十个大木簰从洪江放到桃源县，一个夜里这些木簰就完了。"

贵生知道这个故事，所以贵生说："都是女人。"

金凤脸绯红，向贵生瞅着，表示抗议："怎么，都是女人！你见过多少女人！女人也有好有坏，和你们男子一样，不可一概而论！"

"我不是说你！"

"你们男的才真坏，什么四老爷、五老爷，有钱就是大王，糟蹋人，不当数……"

其时，正有三个过路人，过了桥头到铺子前草棚下，把担子从肩上卸下来，取火吸烟，看有什么东西可吃。买了一碗酒，三人共同用包谷花下酒。贵生预备把话和金凤接下去，不知如何说好。三个人不即走路，他就到桥下去洗手洗脚。过一阵走上来时，见三人正预备动身，其中一个顶年青的，打扮得象个玩家，很多情似的，向金凤瞟着个眼睛，只是笑。掏钱时故意露出扣花抱肚上那条大银链子，且自言自语说："银子千千万，难买一颗心。易求无价宝，难得有情郎。"三人走后，金凤低下头坐在酒坛上出神，一句话不说。贵生想把先前未完的话接续说下去，无从开口。

到后看天气很好，方说：“金凤，你要栗子，这几天山上油板栗全爆口了。我前天装了个套机，早上去看，一只松鼠正拱起个身子，在那木板上嚼栗子吃，见我来了不慌不忙的一溜跑去，好笑。你明天去捡栗子吧，地下多得是！”

金凤不答理他，依然为刚才过路客人几句轻薄话生气。贵生不大明白，于是又说：“你记不记得有一年在我砂地上偷栗子，不是跑得快，我会打断你的手！”

金凤说：“我记得，我不跑。我不怕你！”

贵生说：“你不怕我，我也不怕你！”

金凤笑着：“现在你怕我……”

贵生好象懂得金凤话中的意思，向金凤眯眯笑，心里回答说：“我一定不怕。”

毛伙割了一大担草回来了，一见贵生就叫唤：“贵生，你不说上山割草吗？”

贵生不理会，却告给金凤，在山上找得一大堆八月瓜，她想要，明天自己去拿，因为明天打桐子，他得上山去帮忙，五爷四爷又说要来赶兔子，恐怕没空闲。

贵生走后毛伙说："金凤，这憨子，人大空心小。"

金凤说："你莫乱说，他生气会打扁你。"

毛伙说："这种人不会生气。我不是锡酒壶，打不扁。"

第二天，天一亮，贵生带了他的镰刀上山去。山脚雾气平铺，犹如展开一片白毯子，越拉越宽，也越拉越薄。远远的看到张家大围子嘉树成荫，几株老白果树向空挺立，更显得围子里正是家道兴旺。一切都象浮在云雾上头，飘渺而不固定。他想围子里的五爷四爷，说不定还在睡觉做梦，梦里也是五魁八马，白板红中！

可是一会儿田塍上就有马项铃哯啷哯啷响，且闻人语嘈杂，原来五爷四爷居然赶早都来了。贵生慌忙跑下坡去牵马。来的一共是十二个男女工，四个跟随，还有几个围子里捡荒的小孩子。大家一到地即刻就动起手来，从顶上打起，有的爬树，有的用竹竿巴巴的打，草里泥里到处滚着那种紫红果子。

四爷五爷看了一会儿，也各捞一根竹竿打了几下，一会儿就厌烦了，要贵生引他们到家里去。家里灶头锅里的水已沸腾，鸭毛给四爷五爷冲茶喝。四爷见屋角斗笠里那一堆八月瓜，拿起来只是笑。

“五爷，你瞧这象个什么东西？”

“四爷，你真是孤陋寡闻，八月瓜也不认识。”

“我怎么不认识？我说它简直象……”

贵生因为预备送八月瓜给金凤，耳听到四爷说了那么一句粗话，心里不自在，顺口说道：

“四爷五爷欢喜，带回去吃罢。”

五爷取了一枚，放在热灰里煨了一会儿，捡出来剥去那层黑色硬壳，挖心吃了。四爷说那东西腻口甜不吃，却对于贵生家里一支钓鱼竿称赞不已。

四爷因此从钓鱼谈起，溪里、河里、江里、海里以及北方芦田里钓鱼的方法如何不同，无不谈到。忽然一个年轻女人在篱笆边叫唤贵生，声音又清又脆。贵生赶快跑出去，一会儿又进来，抱了那堆八月瓜走了。

四爷眼睛尖，从门边一眼瞥见了那女的白首帕，大而乌光的发辫，问鸭毛“女人是谁”。鸭毛说：“是桥头上卖杂货浦市人的女儿。内老板去年热天回娘家吃喜酒，在席面上害蛇钻心病死掉了，就只剩下这个小毛头，今年满十六岁，名叫金凤。其实真名字倒应当是‘观音’！卖杂货的大约看中了贵生，又憨又强一个好帮手，将来会承继他的家业。贵生倒还拿不定主意，等风向转。真是白等。”

四爷说：“老五，你真是宣统皇帝，住在紫禁城傻吃傻喝，围子外什么都不知道。山清水秀的地方一定地贵人贤，为什么不……”

鸭毛搭口说：“算命的说女人八字重，克父母，压丈夫，所以人都不敢动她。贵生一定也怕克……”正说到这里，贵生回来了，脸庞红红的，想说一句话可不知说什么好，只是搓手。

五爷说：“贵生，你怕什么？”

贵生先不明白这句话意思所指，茫然答应说：“我怕精怪。”

一句话引得大家笑将起来，贵生也不由得笑了。

几人带了两只瘦黄狗，去荒山上赶兔子，半天毫无所得。晌午时又回转贵生家过午。五爷问长工今年桐子收多少，知道比往年好，就告给鸭毛，分三担桐子给贵生酬劳，和四爷骑了马回围子去了。回去本不必从溪口过身，四爷却出主张，要五爷同他绕点路，到桥头去看看。在桥头杂货铺买了些吃食东西，和那生意人闲谈了好一阵，也好好的看了金凤几眼，才转回围子。

回到围子里四爷又嘲笑五爷，以为在围子里作皇帝，真正是不知民间疾苦。话有所指，五爷明白意思。

五爷说："四爷你真是，说不得一个人还从狗嘴里抢肉吃。"

四爷在五爷肩头打了一掌说："老五，别说了。我若是你，我就不象你，一块肥羊肉给狗吃。你不看见：眉毛长，眼睛光，一只画眉鸟，打雀儿！"

五爷只是笑，再不说话。一个人有一个人的分定，五爷欢喜玩牌，自己老以为输牌不输理，每次失败只是牌运差，并非功夫不高。五爷笑四爷见不得女人，城市里大鱼大肉吃厌了，注意野味。

这方面发生的事贵生自然全不知道。

贵生只知道今年多得了三担桐子，捡荒还可得两三担，家里有五六担桐子沤在床底下，一个冬天夜里够消磨了。

日月交替，屋前屋后狗尾巴草都白了头在风里摇。

大路旁刺梨一球球黄得象金子，已退尽了涩味，由酸转甜。贵生上城卖了十多回草，且卖了几篮刺梨给官药铺，算算日子，已是小阳春的十月了。天气转暖了一点，溪边野桃树有开花的。杂货铺一到晚上，毛伙就地烧一个树根，火光熊熊，用意象在向邻近住户招手，欢迎到桥头来，大家向火谈天。在这时节畜牲草料都上了垛，谷粮收了仓，红薯也落了窖，正好是大家休息休息的时候，所以日里晚上都有人在那里。晚上尤其热闹，因为间或还有告假回家的兵士，和大兴场贩朱砂的客人到杂货铺来述说省里新闻，天上地下说来无不令众人神往意移。

贵生到那里，照例坐在火旁不大说话，一面听他们说话，一面间或瞟金凤一眼。眼光和金凤眼光相接时，血行就似乎快了许多。他也帮杜老板作点小事，也帮金凤作点小事。落了雨，铺子里他是唯一客人时，就默默的坐在火旁吸旱烟，听杜老板在美孚灯下打算盘滚账，点数余存的货物。贵生心中的算盘珠也扒来扒去，且数点自己的家私。他知道城里的油价好，二十五斤油可换六斤棉花两斤板盐。他今年有好几担桐子，真是一注小财富！年底鱼呀肉呀全有了，就只差个人。有时候那老板把账结清了，无事可做，便从酒坛间找出一本红纸面的文明历书，来念那些附在历书下的“酬世大全”，“命相神数”。一排到金凤八字，必说金凤八字怪，斤两重，不是“夫人”就是“犯人”，克了娘不算过关，后来事情多。金凤听来只是抿着嘴笑。

或者正说起这类事，那杂货铺老板会突然发问：“贵生，你想不想成家？你要讨老婆，我帮你忙。”

贵生瞅着面前向上的火焰说：“老板，你说真话假话？谁肯嫁我！”

“你要就有人。”

“我不相信。”

“谁相信天狗咬月亮？你尽管不信，到时天狗还是把月亮咬了，不由人不信。我和你说，山上竹雀要母雀，还自己唱歌去找。你得留点心，学‘归归红，归归红’，‘婆婆酒醉，婆婆酒醉归’！”[1]

话把贵生引到路上来了，贵生心痒痒的，不知如何接口说下去，于是也学杜鹃叫了几声。

---

[1] 杜鹃和竹雀鸣叫声。

毛伙间或多插一句嘴，金凤必接口说："贵生，你莫听癞子的话，他乱说。他说会装套捉狸子，捉水獭，在屋后边装好套，反把我那只花猫捉住了。"金凤说的虽是毛伙，事实却在用毛伙的话，岔开那杜掌柜提出的问题。

半夜后，贵生晃着个火把走回家去，一面走一面想，卖杂货的也在那里装套，捉女婿，不由得不咕咕笑将起来。一个存心装套，一个甘心上套，事情看来也就简单。困难不在人事在人心。贵生和一切乡下人差不多，心上也有那么一点儿迷信。女的脸儿红中带白，眉毛长，眼角向上飞，是个"克"相；不克别人得克自己，到十八岁才过关！因这点迷信他稍稍退后了一步，杂货商人装的套不灵，不成功了。可是一切风总不会老向南吹，终有个转向时。

一天落大雨，贵生留在家里搓了几条草绳子，扒开床下沤的桐子看看，色已变黑，就倒了半箩桐子剥，一面剥桐子一面却想他的心事。不知哪一阵风吹换了方向，他忽然想起事情有点儿险。金凤长大了，心窍子开了，毛伙随时都可以变成金凤的人。此外在官路上来往卖猪攀乡亲的浦市人，上贵州省贩运黄牛收水银的辰州客人，都能言会说，又舍得花钱，在桥头过身，有个见花不采？闪不知把女人拐走了，那才真是“莫奈何”！人总是人，要有个靠背，事情办好，大的小的就都有了靠背了。他想的自然简单一点，粗俗一点，但结论却得到了，就是热米打粑粑，一切得趁早，再耽误不得。

他预备第二天上城去同那舅舅商量商量。

贵生进城去找他的舅舅。恰好那大户人家正办席面请客，另外请得有大厨子掌锅，舅舅当了二把手，在门板上切腰花。他见舅舅事忙，就留在厨房帮同理葱剥毛豆。到了晚上，把席面撤下时，已经将近二更，吃了饭就睡了。第二天那家主人又要办什么婆婆粥，鱼呀肉呀煮了一锅，又忙了一整天，还是不便谈他的事情。第三天舅舅可累病了。贵生到测字摊去测字，为舅舅拈的是一个“爽”字，自己拈了一个“回”字。测字的杨半仙说：“人逢喜事精神爽，若问病，有喜事病就会好。”又说“回字喜字一半，吉字一半，可是言字也是一半。口舌多，要办的事赶早办好，迟了恐不成。”他觉得这个杨半仙话满有道理。

回到舅舅身边时，就说他想成亲了，溪口那个卖杂货的女儿身家正派，为人贤惠，可以做他的媳妇。她帮他喂猪割草好，他帮她推磨打豆腐也好。只要他开口，可拿定七八成。掌柜的答应了，有一点钱就可以趁年底圆亲，多一个人吃饭，也多一个人补衣捏脚，有坏处，有好处，特来和舅舅商量商量。

那舅舅听说有这种好事，岂有不快乐道理。他连年积下了二十块钱，正拿不定主意，不知道把它预先买副棺木好，还是买几只小猪托人喂好。一听外甥有意接媳妇，且将和卖杂货的女儿成对，当然一下就决定了主意，把钱“投资”到这件事上来了。

“你接亲要钱用，我帮你一点钱。”厨子起身把存款全部从床脚下泥土里掏出来后，就放在贵生面前，“你要用，你拿去用。将来养了儿子，有一个算我的小孙子，逢年过节烧三百钱纸，就成了。”

贵生吃吃的说：“我不要那么些钱，开铺子的不会收我财礼的！”

“怎么不要？他不要你总得要。说不得一个穷光棍打虎吃风，没有吃时把裤带紧紧。你一个人草里泥里都过得去，两个人可不成！人都有个面子，讨老婆就得养老婆，养孩子，不能靠桥头杜老板，让人说你吃裙带饭。钱拿去用，舅舅的就是你的。”

两人商量好了，贵生上街去办货物。买了两丈官青布，两丈白布，三斤粉条，一个猪头，又买了些香烛纸张，一共花了将近五块钱。东西办好，贵生高高兴兴带了东西回溪口。

出城时碰到两个围子里的长工，挑了箩筐进城，贵生问他们赶忙进城有什么要紧事。

一个长工说：“五爷不知为什么心血来潮，派我们办货！好象接媳妇似的，开了好长一张单子，一来就是一大堆！”

贵生说：“五爷也真是五爷，人好手松，做什么事都不想想。”

“真是的，好些事都不想想就做。”

“做好事就升天成佛，做坏事可教别人遭殃。”

长工见贵生办货不少，带笑说：“贵生，你样子好象要还愿，莫非快要请我们吃喜酒了？”

另一个长工也说：“贵生，你一定到城里发了洋财，买那么大一个猪头，会有十二斤罢。”

贵生知道两人是打趣他，半认真半说笑的回答道："不多不少，一个猪头三斤半，正预备焖好请哥们喝一杯！"

分手时一个长工又说："贵生，我看你脸上气色好，一定有喜事不说，瞒我们。"

几句话把贵生说的心里轻轻松松的。

贵生到晚上下了决心，去溪口桥头找杂货铺老板谈话。到那里才知道杜老板不在家，有事出门去了。问金凤父亲什么地方去了，什么时候回来，金凤却神气淡淡的说不知道。转问那毛伙，毛伙说老板到围子里去了，不知什么事。贵生觉得情形有点怪，还以为也许两父女吵了嘴，老的赌气走了，所以金凤不大高兴。他依然坐在那条矮凳上，用脚去拨那地炕的热灰，取旱烟管吸烟。

毛伙忍不住忽然失口说："贵生，金凤快要坐花轿了！"

贵生以为是提到他的事情，眼瞅着金凤说："不是真事吧？"

金凤向毛伙盯了一眼："癞子，你胡言乱说，我缝你的嘴！"

毛伙萎了下来，向贵生憨笑着："当真缝了我的嘴，过几天要人吹唢呐可没人。"

贵生还以为金凤怕难为情，把话岔开说："金凤，我进城了，在我舅舅那里住了三天。"

金凤低着个头，神气索漠的说："城里可好玩！"

"我去城里有事情。我和舅舅打商量……"他不知怎么说下去好，于是转口向毛伙："围子里五爷又办货要请客人。"

"不止请客……"

毛伙正想说下去，金凤却借故要毛伙去瞧瞧那鸭子栅门关好了没有。

坐下来总象是冰锅冷灶的。杜老板很久还不回来，金凤说话要理不理。贵生看风头不大对，话不接头。默默的吹了几筒烟，只好走了。

回到家里从屋后搬了一个树根，捞了一把草，堆地上烧起来，捡了半箩桐子，在火边用小剜刀剥桐子。剥到深夜，总好象有东西咬他的心，可说不清楚是什么。

第二天正想到桥头去找杂货商人谈话，一个从围子里来的人告他说，围子里有酒吃，五爷纳宠，是桥头浦市人的女儿。已看好了日子，今晚进门，要大家杀黑前去帮忙，抬轿子接人！听到这消息，贵生好象头上被一个人重重的打了一闷棍，呆了半天转不过气来。

那人走后，他还不大相信，一口气跑到桥头杂货铺去，只见杜老板正在柜台前低头用红纸封赏号。

那杂货铺商人一眼见是贵生，笑眯眯的说："贵生，你到什么地方去了？好几天不见你，我们还以为你做薛仁贵当兵去了。"

贵生心想："我还要当土匪去！"

杂货铺商人又说："你进城好几天，看戏了罢。"

贵生站在外边大路上结结巴巴的说："大老板，大老板，听人说你家有喜事，是真的吧？"

杜老板举起那些小包封说："你看这个。"一面只是笑，事情不言而喻。

贵生听桥下有人捶衣，知道金凤在桥下洗衣，就走近桥栏杆边去，看见金凤头上孝已撤除，一条乌光辫子上簪了一朵小小红花，正低头捶衣。贵生说："金凤，你有大喜事，贺喜，贺喜！"金凤头也不抬，停了捶衣，不声不响。贵生从神情上知道一切都是真的，自己的事情已完全吹了，完了，一切都完了。再说不出话，对那老板狠狠看了一眼，拔脚走了。

晚半天，贵生依然到围子里去。

贵生到围子里时，见五老爷穿了件春绸薄棉袍子，外罩件蓝缎子夹马褂，正在院子里督促工人扎喜轿，神气异常高兴。五爷一见贵生就说：“贵生，你来了，很好。吃了没有？厨房里去喝酒罢。”又说：“你生庚属什么？属龙晚上帮我抬轿子，过溪口桥头上去接新人。属虎就不用去，到时避一避！”

贵生呆呆怯怯的说：“我属虎，八月十五寅时生，犯双虎。”说后依然如平常无话可说时那么笑着，手脚无放处。看五爷分派人作事，扎轿杆的不当行，走过去帮了一手忙。到后五爷又问他喝了没有，他不作声。鸭毛伯伯换了一件新毛蓝布短衣，跑出来看轿子，见到贵生，就拉着他向厨房走。

厨房里有五六个长工坐在火旁矮板凳上喝酒，一面喝一面说笑。因为都是派定过溪口上接亲的人，其中有个吹唢呐的，脸喝得红都都的，说：“杜老板平时为人慷慨大方，到那里时一定请我们吃城里带来的嘉湖细点，还有包封。”

另一个长工说：“我还欠他二百钱，记在水牌上，真怕见他。”

鸭毛伯伯接口打趣他：“欠的账那当然免了，你抬轿子小心点就成了。”

一个毛胡子长工说：“你们抬轿子，看她哭多远，过了大青树还象猫儿那么哭，要她莫哭了，就和她说，大姐，你再哭，我就抬你回去！她一定不敢再哭。”

“她还是哭你怎么样？”

“我当真抬她回去。”

所有人都哄然大笑起来。

吹唢呐的会说笑话，随即说了一个新娘子三天回门的粗糙笑话，装成女子的声音向母亲诉苦：“娘，娘，我以为嫁过去只是服侍公婆，承宗接祖，你哪想到小伙子人小心坏，夜里不许我撒尿！”大家更大笑不止。

贵生不作声，咬着下唇，把手指骨捏了又捏，看定那红脸长鼻子，心想打那家伙一拳。不过手伸出去时，却端起了土碗，咽嘟嘟喝了半碗烧酒。

几个长工打赌，有的以为金凤今天不会哭，有的又说会哭，还说看那一双水汪汪的眼睛就是会哭的相。正乱着，院中另外那几个扎轿子的也来到厨房，人一多话更乱了。

贵生见人多话多，独自走到仓库边小屋子里去。见有只草鞋还未完工，就坐下来搓草编草鞋。心里实在有点儿乱，不知道怎么好。身边还有十六块钱，紧紧的压在腰板上。他无头无绪想起一些事情。三斤粉条，两丈官青布，一个猪头，有什么用？五斛桐子送到姚家油坊去打油，外国人大船大炮到海里打大仗，要的是桐油。卖纸客人做眉弄眼，“易求无价宝，难得有情郎”，有情郎就来了。四老爷一个月玩八个辫子货，还说妇人身上白得象灰面，无一点意思。你个做官的！……

看看天已快夜了。

院子里人声嘈杂，吹唢呐的大约已经喝个六分醉，把唢呐从厨房吹起，一直吹到外边大院子里去。且听人喊燃火把放炮动身。两面铜锣镗镗的响着，好象在说，我们走，我们走，我们快走！不一会儿，一队人马果然就出了围子向南走去了。去了许久还可听到接亲队伍傍着小山坡边走去时那一点唢呐呜咽声音。贵生过厨房去看看，只见几个女的正在预备汤果。鸭毛伯伯见贵生就说：“贵生，我还以为你也去了。帮我个忙挑几担水罢。

等会儿还要水用。”

贵生担起水桶一声不响走出去。院子里烧了几堆油柴，正屋里还点了蜡烛，挂了块红。住在围子里的佃户人家妇女小孩都站在院子里，等新人来看热闹。贵生挑水走捷径必从大门出进，却宁愿绕路，从后门走。到井边挑了七担水，看看水平了缸，才歇手过灶边去烘草鞋。

阴阳生排八字女的属鼠，宜天断黑后进门，为免得与家中人冲犯，凡家中命分上属大猫小猫到轿子进门时都得躲开。鸭毛伯伯本来应当去打发轿子接人的。既得回避，因此估计新人快要进围子时，就邀贵生往后面竹园子去看白菜萝卜，一面走一面谈话。

“贵生，一切真有个命定，勉强不来。看相的说邓通是饿死的相，皇帝不服气，送他一座铜山，让他自己造钱，到后还是饿死。城里王财主，原本挑担子卖饺饵营生，气运来了，住身在那个小庙里，墙倒坍了，两夫妇差点儿压死，待到两人从泥灰里爬出来一看，原来墙里有两坛银子，从此就起了家……不是命是什么！桥头上那杂货铺小丫头，谁料到会作我们围子里的人？五爷是读书人，懂科学，平时什么都不相信，除了洋鬼子看病，照什么‘挨挨试试’光，此外都不相信。上次进城一输又是两千，被四爷把心说活了。四爷说：‘五爷，你玩不得了，手气痞，再玩还是输。找个“原汤货”来冲一冲运气看，保准好。城里那些毛母鸡，谁不知道用猪肠子灌鸡血，到时假充黄花女。乡下有的是人，你想想看。’五爷认真了，凑巧就看上了那杂货铺女儿，一说就成，不是命是什么。”

贵生一脚踹到一个烂笋瓜上头，滑了一下，轻轻的骂自己：“鬼打岔，眼睛不认货！”

鸭毛伯伯以为话是骂杜老板女儿，就说：“这倒是认货不认人！”

鸭毛伯伯接着又说：“贵生，说真话，我看杂货铺杜老板和那丫头先前对你倒很有心，旁观者清，当局者迷，你还不明白。其实只要你好意思亲口提一声，天大的事定了。天上野鸭子各处飞，捞到手的就是菜，二十八宿闹昆阳，阵势排好了，先下手为强，后下手遭殃。你不先下手，怪不得人！”

贵生说：“鸭毛伯伯，你说的是笑话。”

鸭毛伯伯说：“不是笑话！一切是命，半点不由人。

十天以前，我相信那小丫头还只打量你同她俩在桥头推磨打豆腐！”说的当真不是笑话，不过说到这里，为了人事无常，鸭毛伯伯却不由得不笑起来了。

两人正向竹园坎上走去，上了坎，远远已听到唢呐呜呜咽咽的声音，且听到炮竹声，就知道新人的轿子来了。围子里也骤然显得热闹起来。火炬都点燃了，人声杂遝。一些应当避开的长工，都说说笑笑跑到后面竹园来，有的还毛猴一样爬上大南竹去眺望，看人马进了围子没有。

唢呐越来越近，院子里人声杂乱起来了，大家知道花轿已进营盘大门，一些人先虽怕冲犯，这时也顾不得了，都赶过去看热闹。

三声大炮放过后，唢呐吹“天地交泰”，拜天地祖宗，行见面礼，一会儿唢呐吹完了，火把陆续熄了，鸭毛伯伯知道人已进门，事已完毕，拉了贵生回厨房去，一面告那些拿火把的人小心火烛。厨房里许多人都在解包封，数红纸包封里的赏钱，争着倒热水到木盆里洗脚，一面说起先前一时过溪口接人，杜老板发亲时如何慌张的笑话。且说杜老板和鸭毛一定都醉倒了，免得想起女儿今晚上事情难受。鸭毛伯伯重新给年青人倒酒，把桌面摆好，十几个年青长工坐定时，才发现贵生已溜了。

半夜里，五爷正在雕花板床上细麻布帐子里拥了新人做梦，忽然围子里所有的狗都狂叫起来。鸭毛伯伯起身一看，天角一片红，远处起了火。估计方向远近，当在溪口边上。一会儿有人急忙跑到围子里来报信，才知道桥头杂货铺烧了，同时贵生房子也走了水。[1]一把火两处烧，十分蹊跷，详细情形一点不明白。

鸭毛伯伯匆匆忙忙跑去看火，先到桥头，火正壮旺，桥边大青树也着了火，人只能站在远处看。杜老板和癞子是在火里还是走开了，一时不能明白。于是又赶过贵生处去，到火场近边时，见有好些人围着看火，谁也不见贵生，人是烧死了还是走了，说不清楚。鸭毛用一根长竹子向火里捣了一阵，鼻子尽嗅着，人在火里不在火里，还是弄不出所以然。人老成精，他心中明白这件事，火是怎么起的，一定有个原因。转围子时，半路上正碰

[1] 走了水：失火。

着五爷和那新姨。五爷说：“人烧坏了吗？”

鸭毛伯伯结结巴巴的说：“这是命，五爷，这是命。”回头见金凤正哭着，心中却说：“丫头，做小老婆不开心？回去一索子吊死了吧，哭什么？”

几人依然向起火处跑去。

一九三七年三月作，五月改作——北平

在别一个国度里

——关于住八蛮山落草的大王娶讨太太与宋家来往的一束信件

第一信

此信用大八行信笺，笺端印有“边防保卫司令部用笺”九字。封套是淡黄色棉料纸做就的，长约八寸，横宽四寸余。除同样印有“边防保卫司令部函”八字外，上写着即递里耶南街庆记布庄转宋伯娘福启，背面还有“限三月二十一日烧夜饭火以前送到赏钱两吊”字样。信内是这样写着：

宋伯娘大鉴：启者今无别事，你侄男拖队伍落草为寇，原非出于本意，这是你老人家所知。你侄男道义存心爱国，要杀贪官污吏，赶打洋鬼子，恢复全国损失了的一切地盘财物，也是象读书明礼的老伯妈以及一般长辈所知而深谅的。无如命不由人，为鬼戏弄，一时不得如意，故而权处穷谷深山，同弟兄们相互劳慰，忍苦忍痛，以待将来。但看近两月来，旧票羊仔放回之多，无条件送他们归家，可以想见你侄男之用意。……

你侄男平素为人，老人家是深知道。少小看到长大，身上几块瘢疤，老人家想来也数得清！今年五月十七满二十四岁了，什么事都没成就，对老人家也很觉得惭愧。学问不及从省城读书转来的小羊仔，只有一副打得十个以上大汉的臂膊。但说到像貌，也不是什么歪鼻塌眼，总还成个人形。如今在山上，虽不是什么长久事业，将来一有机会，总会建功立业的，这不是你侄男夸口。

大妹妹今年二十岁了，听说还没有看定人家。当到这兵荒马乱的年程，实在是值得老人家担心的事。老人家现在家下人口就少，铺面上生意还得靠到几个舅舅，万一有了三病两疼，不是连一个可靠的亲人都没有吗？驻耶的军队，又是时时刻刻在变动，一个二十来岁的大姑娘，陪到一个五六十岁上年纪的老太太身边过活，总不是稳妥的事！

你侄男比大妹妹恰好长四岁，正想找一个照料点细小家事的屋里人，大概还不致辱没大妹妹吧。其实说是照料家事，什么事也没有，要大妹妹来，也不过好一同享福罢了。

这事本来想特别请一个会说话一点的“红叶”来同老人家面谈。不巧陆师爷上旬上秀山买烟去了，赵参谋又不便进城，沈师爷是不认得老人家，故此你侄男特意写这封信来同老人家商量。

凡事请老人家把利害比较一下，用不着我来多说。

我意思，在端午节以前大妹妹就可以送上山来。太迟不好，太早了我又预备不来。若初三四上山，乘你侄男满二十四岁那天就完婚，也不必选日子，生日那天，看来是顶好。

侄男对于一切礼节布置，任什么总对得住老人家，对得住大妹妹。侄男是知道大妹妹性情的，虽然是山上不成个地方，起居用物，你侄男总能使大妹妹极其舒服，同在家中一个样子。

大妹妹是娇生惯养长大的，到山上来，会以为不惯吧，那老人家完全可以放心！这里什么东西都预备得有：花露水，法国巴黎皂。送饭的鸡肉罐头，牛肉，鱼，火腿，都多得不奈何。大妹妹会弹风琴，这里就有几架。留声机，还是外国来的，有好多片子。大穿衣镜，里耶地方是买不出的，大到比柜子还大呢。其余一切一切——总之，只要大妹妹要，开声口，纵山上一时没有，你侄男总会设法找得，决不会使大妹妹失望！

并且赵参谋太太，军需太太，陆师爷姨太太——就是住小河街的烟馆张家二小姐，她也认得大妹妹——都住在此间。想玩就玩，打牌也有人，寂寞是不会有的事。丫头、老妈子，要多少有多少。若不喜欢生人，把大妹妹身边的小丫头送来也好。

弟兄们的规矩，比驻到街上的省军好多了，他们知道服从，懂礼节，也多半是些街上人，他们佩服你侄男懂军事学，他们都是你侄男的死勇。他们对大妹妹的尊敬，是用不到嘱咐，会比你侄男还要加倍尊敬的。……

你侄男得再说：凡事请老人家把利害来比较一下，用不着你侄男来多说，你侄男虽说立过誓，无论如何决不因事来惊动街坊邻里，但到不得已时，弟兄们下山，也是不可免避的事！这得看老人家意思如何。

你侄男的希望，是到时由老人家雇四个小工，把大妹妹一轿子送到山脚来，你侄男自会遣派几个弟兄迎接大妹妹上山。也不必大锣大鼓，惊动街邻，两方省事，大家安宁。若定要你侄男带起弟兄，灯笼火把的冲进寨来，同几个半死不活的守备队为难，骇得父老们通宵不能安枕，那时也只能怪老人家的处事无把握！

谨此恭叩福安，并候复示！

小侄石道义行礼

三月二十日于山寨大营

送信的并非如小说上所说的喽啰神气，什么青布包头，什么夜行衣，什么腰插单刀，也许那都成了过去某一个时代的事了。这人同平常乡下人一样，头上戴了个斗篷，把眉毛以上的部分隐去。蓝布衣，蓝布裤，上衣比下衣颜色略深一点，这种衣衫，杂在九个乡下人中去，拣选那顶地道的乡下人时，总脱不了他！然而论伶精，他实在是一个山猴儿。别看他那脚上一对极忠厚的水草鞋，及腰边那一枝罗汉竹的短旱烟管，你就信他是一个上街卖棉纱粉条的小生意人！他很闲适的到庆记布庄去买了三丈多大官青布，在数钱的当儿，顺便把那封信取出，送到柜上去。

“喔，三老板，看这个！”

三老板过来，封面那一行官衔把他愣住了。声音很细的问：

“打哪儿来，这——”

其实他心中清楚。然而信的内容，这次却确非三老板所料及。

“念给大太太听吧，这个。”喽啰把信翻过来，指给另一行字，“过渡时，问划船的，说刚打午炮，不会烧火煮夜饭吧。请把个收条，我想赶转到三洞桥去歇，好明早上山回信。”

“喝杯酒暖暖吧，”三老板回过头去，“怎么不拿——”正立在三老板身后想听听消息的一个学徒，给三老板一吆喝，打了个蹿，忙立定身子。

“不必，三老板不必！送个收条，趁早，走到——南街上我也还有点事。”

三老板把收条并两张玉记油号的票子折成一帖送到喽啰身边时，同时学徒也端过一杯茶放到柜上了。

“老哥，事情是怎么？”三老板把那一帖薄纸递过去，极亲昵的低声探询那喽啰。

他数点着钱票同收据，摺成更小一束，插到麂皮抱肚里去，若不曾听到三老板的问话。

“是要款子？”三老板又补了一句。

“不，不，你念给大太太听时自知道。要你们二十八以前回山上一个信。……好，好。”他把斗篷戴上，“谢谢三老板的烟茶，我走了。”

来人当真很匆忙（但并不慌张）的走去了。三老板把信拿进后屋去后，柜上那个有四季花的茶杯里的茶还在出烟。

看信的是庆记布庄的管事，大妹的三舅舅，他把信念给宋伯娘听，那时大妹妹并不在旁边，她到南街吃别一个女人的戴花酒去了。

第二信

宋伯娘并不胡涂。利害虽比较了下，但比较的结果，还是女儿可贵。依她意思，对这信置之不理。然而三老板是晓事的人，男子汉见事也多，知道这是不能用“不理”来结束的事，当时就把大老板也找来，商议的结果，是极委婉的复一封信，措词再三斟酌，并赔不是，把两千块钱写上去，求宽宥，且加上“若果照来信所说办去，只见得两方都不利”的话。然而这话实在是无证据，不过除了这样一说，要找出更其有力的话时，在但会打算盘的三老板手笔下，也不是很容易的。

信由三老板执笔，写成后，托从八蛮山脚下进城的乡下人带了去，一切一切，还不让大妹妹知道。

道义侄儿英鉴：——

二十一那天得到你一个信，舅舅念我听，你意思我通晓得了。你大妹妹有那么大一个人了，我年来又总是病缠身子，也愿意帮她早早找一处合式人家的。你既喜欢你大妹妹，就把来送给你，我有什么不愿意？但你说是要送上山来，这就太使我为难了！

山上哪里是你大妹妹住的地方呢？这不但不是你大妹妹住的，也不是你长久住的！山上不是人住的地方（阿弥陀佛，我并不是说你现在住到那里，就不是人！），现刻大妹妹就多病瘦弱，要她上山，就是要她速死！

况且，我们是孤儿寡母不中用的人，靠到三两个亲戚帮忙，守着你伯伯遗下这点薄薄产业，平时没有事，还时常被不三不四的滥族歪戚来欺侮，借重那些披老虎皮的军队来捐来刮。果真象你所说的话，把你大妹妹一轿子送上山去，事情一张扬，怕他们官兵不深更半夜来抄你伯妈的家吗？可怜你伯伯，从小时候受了许多苦，由学徒弟担布担子漂乡起，挨了多少风雪，费了多少心血，积下这一点薄薄产业，不能给自己受用，不能给儿孙受用，还来由你大妹妹的事丢掉！老人家地下有知，心中总也会不安吧。

这都莫说了。我们的铺子，同我这条老命，即或都不要了，但你大妹妹父亲的故土要不要？他们官兵，什么事做不出，他晓得这事，他不会用刨挖你伯伯的坟山暴尸露骨来恐吓人吗？倘若是他们同你当真这样翻脸起来，为你大妹妹一人的缘故，把手边守着这点先人血汗一齐丢掉，还得使睡在地下安息了的老骨头暴露，让猪狗来拖，我这病到快完事了的人，一天三不知，油尽灯熄，到地下会到你伯伯，要我拿什么脸来对他？

你纵不怕官兵，我是舍不得你伯伯的故土的。照你的话，宋家的一切是完了，就是你所喜欢的大妹妹，也未必活得下去。

许多事得你照料到，即如前次抢场那一次，街上搅乱得什么样子，宅下却连一匹鸡毛也不失，我们娘女都时常求菩萨保佑你的。大概你也还记得你大妹妹的父亲在生时，对你的一些好处。如今你大妹妹的爹不在了，将来的许多事，还都要你看顾！

你年纪有那么大了，本来是应得找个屋里人，将来养儿育女，也好多有点人口。不然，你大哥又才去世，你又是这样跑四方的人，剩下个嫂嫂，躲到乡下去，抱起你大哥灵牌子守节，总不是事！我是平素就喜欢你为人，有作有为，胆子大，聪明强干，大妹妹的父亲在时，也就时常说到你是一个将来的英雄的。你大妹妹虽说读了两句书，从小见面的，想来也不会不愿意帮助你建功立业。不过你现今走的是这样一条路，就说是暂时，且不出于本心，万一有一天事情不顺手，落到军队手上，他们能原谅你不是出于本心的暂时落草，就让你无事吗？

你能把事业放下了（大丈夫应得建功立业，从大路上走去，这是你知道的。），只要你喜欢你大妹妹，大妹妹总还是你的。以后什么事也不要做，守着你大妹妹，在我身边，我是能养得活你的，只要你愿意。

或者，山上实在是寂寞，找不出个人来体贴，我这里拿两千块钱去，请人到别县去买个好一点的小妇，将来招安后，再慢慢商量也不迟！若是要用钱，我就叫人告知龙潭庄上拨付。

这信是我在你大妹妹的三舅旁边口讲，要他代写的。你看到别人欺侮我孤儿寡母，都是要来打抱不平的。我把这事情照你所说的利害，实在也比较一下了，我说这些话也不尽是为我着想，我这老骨头活到世上也活厌了，要死也很死得了。我的话实在不为你相信时，横顺人是在里耶的，你要来惊动街坊，我也没有法子。

在观音堂住的杨秃子死了，外面人都说是你们绑去撕票的。都是同街长大的人，何必作这种孽？什么地方不可以积阴功增福气？

阿弥陀佛，愿菩萨保佑你！

宋刘氏敛衽

三月二十四日

此信于二十五早上收到。

第三信

“人来！”大王在参谋处叫人。

“嘛。”一个小喽啰在窗下应着，气派并不比一个大军官的兵弁两样。

山寨的一切，还没有说过，想来大家都愿意知道。这是一个旧庙，在不知几何年就成了无香火的庙了。化缘建庙的人，当时即让他会算，要算到这庙将来会做一个大本营，而且，神面前那一张案桌，就是特为他日大王审羊仔羊仔——指被绑票而来的人。奸细用的案桌，怕也不近情理吧。如今是这样：正中一间，三清打坐的地方，就是大王爷同军法判案的地方。案桌上比为菩萨预备时洁净多了，上面不伦不类用一床花绒毡子盖上，绒毡上放签筒，笔架。案桌移出来了一点，好另外摆一把大王坐的“虎皮金交椅”。这正殿很大，所以就用簟子隔成了三间，左边为参谋处，右边为秘书处，大王则住在正殿对面的一个大戏台上。这三处重要地方，都用白连纸裱糊得极其干净，白天很明亮，办事方便，夜间这三处都有一盏大洋汽灯，也不寂寞。参谋处比秘书处多了一架钟，秘书处比参谋处却多了一幅大山水中堂；两处相同的是壁上都有四支盒子枪。要说及大王的卧室时，那简直是一间——简直是一间……是一间什么？我说不出！顶会做梦的人，恐怕也梦不到这么一间房来吧。房是一个戏台。南方庙中的戏台，都是一个样子，见过别的庙中戏台的，大概也就想得到这个戏台的式样，不过这戏台经大王这一装置，我们认不出它是戏台了。四四方方，每一方各有一口大皮箱，箱就搁到楼板上，象把箱子当成茶几似的，一个箱上摆了一架大座钟，一个箱子上摆了一个大朱砂红的瓷瓶，瓶中插了一把前清分别品级的孔雀尾，瓶口边还露出一个短刀或剑的鞘尖子。其他两个箱子都不空，近他床那个箱子上，还有几本书，一本是黑色皮面的官话《新约》。大王的床在中间，占了戏台全面积之三分之一，床是漆金雕空花的大梨木合欢床，没有蚊帐，没有棉被，床上重重叠叠堆了十多条花绒毯子。两支京七响的小手枪，两支盒子炮，各悬挂于床架上之一角。戏台圆锥形顶上吊起那盏洋汽灯，象佛爷头上那大鹏金翅鸟样，正覆罩在床上。我还忘记说一进房那门帘了，这是一幅值钱的东西。红缎织金，九条龙在上面象要活了的样子。这样顶阔气的门帘，挂到这地方未免可惜，但除了这地方，谁也不配悬挂那么一幅门帘！

这庙一共是二十多间房子，师爷副官的奶奶太太住的剩下来，就都是弟兄伙所有了。至于羊仔的栖身处，那是去此间还有半里路远的一个灵官殿。

大王一个人在参谋处翻了一会羊仔名册，想起什么事了。把弁兵叫进后。

“把第二十三号沙村住的纪小伙子喊来——听真着了么？”

“回司令，听真着了！”

“那快去！”

“嘛。”喽啰出去了。

不一刻，带进一个瘦怯怯的少年。

“回司令，二十三号票来了。”

大王出来时，瘦少年不知所措的脚腿想弯曲下去。

“不，不，不，不要害怕，你今天可以转去了，我放你回去，家中的款子不必送来了！”

“转去吗？”少年的眼圈红了。“我一连去了几封信，都是催我妈快一点，说是山中正要款子有用，不知他们怎么的，总不……”

“朋友，莫那么软巴巴的吧，二十岁的男子汉呀！”喽啰带笑的揶揄。“你不听司令刚说的话？今天转去了，不要你钱！”少年误会了“转去”两个字，以为是转老家去的意思，更伤心了。

“听我说！”大王略略发怒了，但气旋平了下来。“你看你，哭是哭得了的？我是同你来说正经话，我看你家中一时实在是找不出款来，我们山上近来也不要什么款，所以我想放你回去，就便帮我办桩事情。庆记布庄你熟吗？”

“那是表婶娘——司令是不是说宋老板娘？”

“对了，表婶娘，那我们还是亲戚咧。你下山去，你帮我去告给她说，回信我收到了。我的意思还是上一次信上的意思。我这里现放到好几万块钱，还正愁无使用处，我要她两千块钱做什么？她说得那些话太说得好听了，以为把那类话诉到我面前，我就把心收下，那是她错了！我同她好商好量她不依，定要惹得我气来，一把火烧她个净净干干，我不是不能做的。我同她好说，就是正因为宋老板以前对我的一些好处。但我也总算对得住她家了。就是这次我要做的事，也并不是想害她全家破败。若说我存心是想害她，我口皮动一下，她产业早就完了。现在你转去，就专为我当面报她个信，请她决定一下。日子快要到了，我已遣人下汉口去办应用东西去了。……你记得到我所说的话吗？”

“记得，记得，报她司令的意思还是第一次信上所说的意思，不要她那几个钱，只要她——只要她——”

“要她答应那事。”大王笑时，更其和蔼可亲。

“是，只要她答应那事，照所定的日子，司令这方面也不愿同她多谈，说得是本情话，其所以先礼后兵的意思都是为的当年宋老板对司令有些好处——”

“并且是有点亲戚关系。”大王又在旁边添了一句。

“是，并且还有，有点亲戚关系，所以才同表婶娘来好商好量。若表婶娘不懂到司令这方面的好处，不体贴司令，那时司令会发怒，发怒的结果，是带领弟兄们！……”少年一口气把大王所嘱咐的使命背完了。

“对了，就是这样，你赶快走——王勇，你拿那支小令引他出司令部，再要个弟兄送他出关隘，说是这人是我要他下山有事的，——听到了吗？”

“听到了。”一声短劲的回答，小喽啰拉着还想叩一个头的怯少年走了。

第三封信就用怯少年口上传语，意思简单，归拢来是：大妹妹得如他所指定的期内上山，若不遵他所行办理，里耶全地方因此要吃一点亏，不单是庆记布庄。

第四信

怯少年纪小伙子下山后四天，这位年青大王，另外又写了封信送宋伯娘，信中的话，就是嘱咐怯少年口传的一件事，不过附带中把上次那个杨秃子的事也说了点。关于杨秃子这个人，他信上说：

……至于上月黄坳杨秃子事，那是因为弟兄们恨他平日无恶不作，为人且是刻薄，吃印子钱，太混帐了。有一次你侄男遣派弟兄下山缝制军服，为他所见（认得是山上弟兄的人当然很多，但你侄男对本街人总算对得住，他们也从来不相拖扯）。你侄男平日与秃子一无冤二无仇，谁知鬼弄了他，他竟即刻走到省军营中报告。到事情末了，是那两个被捉去的弟兄，受严刑拷打，把脚杆扳断，悬了半天的半边猪，再才牵去到场头上把脑壳砍下来示众。有别个弟兄亲眼所见。我们被砍的弟兄，首级砍了，还为他们省军开腔破腹，取了胆去。若非杨秃子讨好省军，走去报告，弟兄们哪能受此等惨苦？此外他还屡番屡次到省军营中去攻讦你侄男，想害你侄男的命。虽说任他去怎么设计挖坑，你侄男是不怕怯。但这狗养的我同他有什么深仇？不是当到老人家面前敢放肆，说句不好听的话，我又不同到他妈相好过！……侥幸你侄男元宵夜里，到三门滩去“请客”，有事归来，在渡口碰到了这野杂种，才把他吊上山来。

弟兄们异口同声的说：“也不要他银钱，也不要他谷米，也不要他妻女——我们所要的是他的命！”他自己正象送到我们手边来了，再放他过去，就是我们的罪过！

的的确确，要寻他是寻不到的，如今正是他自己碰到你侄男处来。如今再不送他一点应得的苦吃，他在别一个时候，别一个地方，会有许多夸张！这夸张就是对你侄男他日见面时的下不去。不好好的整治他一番，他时他会拿你侄男来当成前次那两个进城缝衣的弟兄一样：砍了脑壳不算数，还得取出胆来给他堂客治心气痛。你侄男的胆难道是为堂客们治心气痛的东西?

依其他火性的弟兄们主张，捉他上山第二天，就要拿他来照省军处治我们弟兄的法子办了。还是你侄男不答应，说要审问他一下。到后审问他时，他哭哭啼啼，只是一味磕头。说是平素就非常钦佩司令为人，还正恨无处进行到手下来做一个小司书，好侍候司令，见一点识面，学习点公文，把楷字也抄好，哪里还敢同司令来做对头。至于从前事情，那是他全不知情，连梦也不梦见。说是因为他的告密，致令弟兄们受刑就义，这必是别一个同他有仇的人诬冤他，而且诬冤他的总不出两个人以外：一个是同庆记布庄隔壁住家的蒋锡匠，因为蒋锡匠曾偷过他家的鸡，被发觉过。另一个是住白石滩的船夫，这人也同他不对。……

还一边磕磋头一边诉说怎样怎样的可怜，家中才得个小孩，内人又缺奶，这次到渡口去，就是告知岳丈得了小孩子，好使他放心。并向岳丈借点钱转家去，为他太太买一只鸡吃，补一补空虚。到后为个弟兄把从他身边搜索出的一卷票子同三张借据掷到他面前，他才不分辩了。然而头还在磕。看那三张字据，明写着“立借字人渡口周大，今因缺钱使用，凭中廖表嫂，借到黄村杨秃子先生名下铜元……”一些字，另一张是吴乡约出名，另一张是吴乡约家舅子出名，一总都写得是他做借主。

“这是谁的东西？”问他他不敢说，鼻涕眼泪不知忌惮的只顾流。到末了，且说出极无廉耻的话来，愿意把屋里人收拾收拾，送上山来赎罪，且每月帮助白米十石，盐三十斤，只求全一条活命回家去，好让他自新。

你侄男同诸弟兄见他那副软弱无耻的样子，砍了他虽不难，但问弟兄们，谁都不愿用英雄的刀去砍这样一个不值价的狗！所以如他希望放了他转去，不期望临出营门时，有个火夫心里不平，以为这样，轻松放他过去太便宜他了，一马刀去就砍了他一只左手。这东西就象故意似的倒到地下晕死过去了。弟兄们以为他当真死去，才拖到白狼岩边丢下岩去。谁知这条狗不晕死也不跌死，醒转来后居然还奔到家里才落气！这狗养的本来是该千门万刀剁碎拿去喂山上老鸹吃，才合乎他应得的报应的，算是他祖宗有德，能奔到家里也罢了。

昨天你侄男派了两弟兄进城探听城里的消息，据弟兄说，这次招安，不能接洽妥贴，就是因为秃子近来死去的事。他的妻竟告到营中，说是你侄男害了他，且请省军将你侄男招安以后再设法诱住法办，以图报仇。这婊子女人果真是这样做事狠心，不知死活的要来同你侄男作对，我有一天是要做个样子给她看的。招安成功不成功，你侄男一点儿都不着急，弟兄们也正同是一个意思。山上有的是油盐米酒猪牛，倘或是省军高兴，定要来到山脚下挑战，热热闹闹一番，你侄男是不必同他们客气的。喜欢理他们，要弟兄搁起劈山炮轰他几下，同他敲几枪；不喜欢他们时，关起寨门睡觉。让他们在山下愿意围几个月就围几个月。三个月也好，两个月也好，把派捐得的粮食吃尽，他们自会打起旗子吹起号转原防去！你侄男这里见样东西都有了预备，不怕他们法宝多！

第五信

大妹妹禀承母亲的意旨，写信给驻耶军营中的书记官太太。这位太太是她的同学。三月二十一日所吃的喜酒，就是这个同学出阁做书记官太太的前一日，如今算来，又是半个多月了。

信很简单。大妹妹用她平素最天真乐观的笔调，写出亲昵的诙谐的话，信如下：

四姐：我答应你的话，今天可应验了。我说我妈会念着你请你来我家吃饭的，果不其然呀，她早上要我写信邀你。

客并不多，除了你以外只有我，因为这是妈说的。这次算是她老人家请客，所以她把我也请到里头了——到另一次作为我请你时，我把我妈也做成一个客！

客既这样少，所以也不特别办什么菜。前次有人送来一个金华腿，我们就蒸火腿吃。此外有你我所极喜欢吃的干红曲鱼，同菌油豆腐，酸辣子（小米的）。有我所不喜欢但你偏高兴的黑豆腐乳。不少了，再添一点，就是四盘四碗，待新嫁娘也不算麻絮[1]吧。早来一点，我们午时可以吃各人自己手包的水饺子。

我妈还说有话要问你。我想，总不出“姐夫像貌脸嘴怎么样”，老人家是极关心侄女们姑爷这些事的。

我看到我三舅舅从外面进来，那一脸鬑鬑胡胡，就想到你。你一吃了早饭就快来吧，我想过细看看你的嘴巴，是不是当真印得有姐夫的胡子印记……

还要看的都在前一行点点中了，愿一切快活！

你的妹妹宋 ×× 四月七日晨

妈妈的意思，是想从书记官太太谈话中，得到些近来山上同省军议和招安的消息。这一点，写信的大妹妹却不知道，可知关于山上要她做押寨夫人的事，还在睡里梦里！

[1] 麻絮——吝啬。凤凰土语。

第六信

守备队的副兵送来，从铺上取了个收据回去了。这信封面写“呈宋小姐”字样。此是请了客以后的初九日。

妹妹：我第一句话要说的是为我谢伯妈。前天太快活了，不知不觉酒也逾了量。回去循生说我脸灼热，不久就睡了。

伯妈是请我一次了，妹妹你的主人哪一天才能做？我得时时刻刻厚起脸来问你，免得善忘的妹妹忘记。若是妹妹当真要做一次主人，我请求做主人的总莫把菌油豆腐同火腿忘掉！换别样菜我是不领情的。饺子也得同前天一样。

你报伯妈，她老人家所想知道的事，我去问循生，你姐夫说招安是一定了，但条件来得太苛，省军还要听常德军部消息才能定准。如果是两方拿诚心来商量，你姐夫说总不至再复决裂的。近来营部还有开拔消息，也就是好在招安后要山中人移驻到里耶来的缘故。……

请伯妈安心。循生今天到部里去办事，若有更可靠的信息时，再当函告。

……不久，我将为妹妹贺喜了！

你的四姐九日

信后为妹妹贺喜的话，使大妹有点疑惑了。

……招安不成，第一吃亏的是应说全市的人。第二是守备队。第三，第三就算是落到自己家里，但招安以后，又有什么可以对我贺喜的地方？布铺的损失，未必因招安不成而更大。贺喜些什么……

贺喜的事，大妹凭她处女的敏感，猜到一半了，她猜来必是自己的婚姻。凡是一个十六岁以上的女孩儿，你如其对她说贺喜的话时，象是一种本能，她会一想就想到自己婚事上去的，而且脸会为这话灼红。

大妹一个人研究着这“贺喜”两个字的意义，全身的重量都压在心上，脸上也觉着在烧了。

极漠茫的，在眼前幻着许多各样不同的面模来。第一个，他曾在四姐的喜事日见过的那个蚕业专门毕业的农会长，长长的瘦瘦的身个儿来在面前动着了。第二个，守备队那位副官，云南毕业的军官生，时常骑匹马到大街上乱冲，一个痞子样的油滑脸庞。第三个，亨记油号的少老板，雅里学校的学生。……还有，三舅舅的儿子，曾做过诗赞美过自己，苍白的小脸，同时也在眼前晃悠。

从婚事上出发，她又想出许多与自己象是切近过或爱慕过的男子来，万没料那个山上的大王是她的未婚夫。

自己搜索是不能得到任何结果的，到后只好把来信读给母亲听了。到最后，母亲叹了口气，又勉强的笑了一回。

大妹妹觉得母亲正用了一种极有意思的眼光在觑着她，大妹妹躲避着母亲的眼光，最后取的手段是把头低下去望自己的脚。

母亲太不体谅人了，将大妹脸灼成两朵山茶花后还在觑！

“妈这是什么意思呢？”话轻到自己亦没有听真着的地步。意思是问母亲觑她的缘故，也是四姐来信中“贺喜”两个字的用意。

“说什么？”母亲明明看到大妹口动。

大妹又缩住了。

略停，大妹又想着个假道的法子来了，说：

“妈，我想此间招安以后，沿河下行必不再怕什么了。节后下长沙去补点功课，我好秋季到北京去考女子高师学校。”

“又不要你当教员，到外面找钱来养我，远远的去做什么？”

“你不是答应过我，河道清平以后，就把家搬到汉口去住吗？”

“知道哪时河道才能清平？”

“四姐的信，不是才说到招安的事？山上的人既全体可以招安，河道如何不会清平？”

“招了安我们就更不能搬走了。”

“怎么招安以后我们倒不能搬走？”这句话大妹并没说出口。把此话说后所产生的恐惧或惊喜权衡了一下，怕此时的母亲同自己都载不住，所以不再开口，把一句已在口边的话咽下了。刚来的四姐那封信，还在大妹手上。

“妈，四姐要我们再请她吃饭，定什么日子？”

“就是明天吧，她欢喜火腿，叫厨房王师傅把明天应吃的留下，剩下那半个都拿去送她。菌油也帮她送一罐去。告诉她，等到有好菌子时我另为她做新鲜的。”

“我想自己去邀她。”

母亲象知道大妹要亲自去邀请四姐的用意似的，且觉得如果大妹要明了这事，由四姐说出，比自己说好多了，就说：

“好吧，你自己去，一定要她来，我还有事请她。……”

“……”大妹有点意见想申述。

“你有什么话要说，可以同她说。等她来时，她也会告你许多你想知道的话。”

“我没有什么话可说，我看妈意思象心里有——”大妹低低的说。

“心里不快么？不是。不是。妈精神非常好。找四姐来，她会同你说我要说的话。你们姐姐妹妹可以到另一个地方——书房也好，你自己房中也好——你们可以好好谈一回……”

“妈你怎么……”大妹见到母亲眼睛红湿了，心极其难过。

“没有，没有。妹你今天就去吧，要你四姐今天来——这时就去也好，免得她又出门到别处去。”

“好。”大妹一出房门，就不能再止住想泻出的眼泪了。

第七信

四月十六，山上有人到城，送来一信，并一个小拜帖匣子。送信的已不是第一次寄信那个喽啰了。这人长袍短褂，一派斯文样子。年纪二十多岁，白白面庞，戴顶极其好看的博士帽。脸上除了嘴巴边留了一小撮胡子外，还于鼻梁上挂了副眼镜。手上一支小方竹手杖，包有铜头，打着地剥剥的响。后面一个小孩，提了一个小皮包。又拿着一根长长的牙骨烟管。……这是个一切都表示地位尊贵的上等人。三老板一见他进铺，以为守备队的秘书，或别处来此什么委员上门做生意来了，忙立起来。那人一脸极和气的微笑，对着三老板：

“阁下想来是三老板了！”同时把信陈列柜台上，另于信旁置了一张小名片。

……主任参谋

陆　钰

金玉酉阳

“哦，陆参谋！请，请，请，请到客厅坐……”

隔个柜台，那来人伸出一只手来，三老板也懂得是要行外国礼握手了，忙也伸过一只手来，相互捏了一会。

那人并不忙着进客厅，把袖口搂着，对布庄柜台上那个大钟拨动手表时，三老板偷瞧了一下，表是金色崭新的。

姓陆的虽曾听到三老板在谦虚中自己把“草字问珊”提出，但他竟很客气的把三老板称为亲长了。

“请亲长这边凡事预备一下。”那是姓陆的同三老板告别鞠躬时一再说了几次的话。

那日宋伯娘没有在家。来人受过吩咐，若宋伯娘不能出面，则三老板亦可以，所以就把大王所嘱预备同宋老太所谈的一概与三老板说了，那个拜帖匣中聘礼也都点交件数留下。

夜间在宋伯娘的房中，三老板念山上陆参谋捎来的书信。大妹虽说早已知道此事，但因为对此终有点羞涩，在未念信以前就走开到自己房中去了。

信中口辞变了，开首已把“宋伯妈”三字改称“岳母大人”了。信如下：

岳母大人尊鉴，敬禀者：前数函知均达览，复示诲以自新之道，且允于招安之后，将大妹妹于归，备主中馈，尤臻爱怜，实增感激！

近来因岳母大人同大妹故，以是婿将对省方提出之条件已特别减至无可再减的地步，且容纳省方派员将部队枪支检验之律令。果无临时变化发生，谅招编事已不成问题了。

编收以后，婿之部伍将全队移住耶市，守备队下拔移驻花垣，让出防地归婿负责。

沿河一带治安，亦由婿部担任，以后有劫船情事，由婿察缉，察缉无从，则应由婿部赔偿。此条虽将婿责加重，但为地方安宁，婿固当有所牺牲也。

此后支队部（改为清乡第三支队司令），婿意拟设于天王庙，地势好点，亦可备万一别种事情发生时，退守方便。

……十六到二十,三天中，婿所部全队，即可开进耶市大街，到时再来谒见大人。

大妹喜事，婿拟照先时所约定之日举行。岳母方面，亦不必多事花费，婿知道岳母极爱热闹，到时此间有许多兵士，固能帮助一切也。

前派陆参谋来同省中代表接洽一切，并嘱其将此函并些须聘礼饰物呈达于长者。所有未尽之意，统由陆参谋面呈，此人系婿至友，亦由学校出身，祈大人略加以颜色，婿实幸甚！谨此恭叩福安　　小婿道义谨禀

附聘礼饰物单如左

赤金钏镯一对

赤金戒四枚（二枚嵌小宝石）

赤金丝大珍珠耳环一对

赤金簪压发各一件

赤金项链一件

赤金项链一件（有宝石坠子）

净圆珍珠项链一件

金打簧手表一枚

白金结婚戒一枚

白金结婚心形胸饰一枚

白金镶钻石扣针一枚

上等法国香水两瓶（瓶悬小纸签标明每瓶价值，一值二十四元，一值六十元。）

法国香粉二盒

此即大王在另一函中，曾经提过，说是派人往湖北去办的。那位老太，听着三老板把信同聘礼单念完，看看桌上那一堆各在一个小盒子里的东西，忽然放声大哭了。

这时的泪，不是觉得委屈了女儿，也不是觉得委屈了自己，或是对不住大妹的父亲。她是象把一件压在心上的石头，骤然解除，忽然想到过去的惶恐同将来的欢喜，心里载不住这两种不同的压力，不知不觉从眼眶中挤出泪了。

哭了不久，这老太就走到大妹的房中去送大妹看信。

既不怕抄家，也不怕谁来刨挖大妹父亲的坟山，在这位老太太看来，真是没有什么理由来说不愿意将大妹嫁给一个大王的话了！何况大王如今又已成了正果，所以老太太把信掷到大妹妹面前时，眼中已无些子泪痕。

大妹妹的婚事

热闹，阔绰，出了里耶人经验以外。一切布置的煊赫，也出了宋伯娘在期待中所能猜想的以外。迎亲那日，八个黄色呢制服的人，斜斜佩着红绿绸子，骑在马上，各扛着一面绸国旗，都是副官之类。

一对喇叭，后面一队兵士；一对喇叭，后面一队兵士……

几乎近于是迎接“抚台”样，一直从天王庙支队司令部起，到宋家门前止，新的灰线布制服上佩着一朵红纸花的，是昨日的喽啰（今日的兵士）。军队是这样接接连连。满地红的小爆仗，也是那么接接连连，毫不休息。花轿过路时，喇叭爹爹哒哒吹着各样喜庆的曲子。

宋宅杀了两只猪六只羊犒赏兵士还不够，到后还加了两只肥猪才分得开堂，[1] 即此一端，参预此番喜事的人之多可想而知了。

大王彪壮，年青，有钱，里耶市中人尽他们所能夸赞的话拿去应用还总觉得不够，到后只好把类于妒嫉的羡慕落到那宋家母女身上。

第八信

结了婚约两个月，大妹有给驻花垣守备队营中书记官太太的一封信。

四姐：我不知要同你说些什么话，关于我的事，这时想来可笑极了。在以前，我刚知道他要强迫我妈行他所欲行的事时，我想着一切的前途，将葬送到一个满烧着魔鬼的火的窟中，伤心得几乎想自杀了。四姐你是知道的，一个女人，为一点比这小许多的事也

[1] 开堂：周到。凤凰土语。

会以死做牺牲的。但我当时还想着我妈。我妈已是这么可怜的人，若是我先死，岂不是把悲哀都推给她了吗？我想走，当时我就想走。到后又用做女儿的心再三衡量，恐怕即能走脱，他也会把我妈捉去，所以后来走也不走了。……日子一天一天过去，拼我死命，等那宣告我刑罚的可咒的五月初五来到，我身不由己的为母亲缘故跳进一个坟坑里。在期待中，想死不能时，我也是同一般为许多力量压着不能挣扎的女人样，背着母亲，在自己的房中去低声的哭，已不知有过多少次了。我那时想象他，一个杀人放火无事不做的大王，必是比书上所形容那类恶人还可怕！必是黑脸或青脸，眼睛绯红，比庙中什么判官还可怕！真是除了哭没有法子。眼泪是女人的无尽宝藏，再多流一点也不会干，所以我在五月五日以前，是只知道终日以泪洗面的。……

过去的都是梦样过去：雷霆是当日的雷霆，风雨也是当日的风雨，不必同四姐说了；我只告你近来的情形。

近来要我说，我又不知怎么来说起。我不是怕羞，在四姐跟前，原是不应当再说到害羞的事的。我真不知要怎样的来说一个同我先时所拟想的地狱极相反的一种生活！

你不要笑，我自己觉得是很幸福的人，我是极老实的同你说，我生活是太幸福了。幸福不是别的，是他——我学你说，是你妹夫。你妹夫以前是大王，每日做些事，是撒但派下来的工作，手上终日染着血，吃别人的血与肉，把自己的头用手提着，随时有送给另一个人的恐惧绕在心中。但他和我所猜想的恶处离远了。他不是青脸同黑脸，他没有庙中判官那么凶恶。他样子同我三舅舅的儿子一个面样，我说他是很标致，你不会疑我是夸张。……

他什么事都能体贴，用极温柔驯善的颜色侍奉我，听我所说，为我去办一切的事。（他对外是一只虎，谁都怕他；又聪明有学识，谁都爱敬他。）他在我面前却只是一匹羊，知媚它的主人是它的职务。他对我的忠实，超越了我理想中情人的忠实。……

前几天，我们俩到他以前占据的山寨看望一次，住了两天。那里还有一连人把守。四姐，你猜那里象个什么样子呢？比唱戏还可笑，比唱戏还奇怪。一切一切，你看了不会怕，不会战抖，只有笑！不伦不类的一切一切，你从《七侠五义》一类小说上所看到的人物景致，到这里都可见到。我问你妹夫以前是怎么生活来的，他告我，有时手上抱着两支枪打盹。我们那天就到他那间奇奇怪怪的房中睡了一晚。第二天，又到各处去看，又走了半天。

……

一个女人所能得到的男子的爱，我已得到了。我还得了一些别的人不能得到的爱。若是这时是在四姐面前，我真要抱住你用哭叫来表示我生命的快适了！四姐呵，同姐夫说说，转里耶来住两天吧。我可以要他派几个人来接，我妈还会为你办菌油豆腐吃！

我妈近来也很好，你不要挂念！

你妹同你妹夫照来张相赠你，快制一个木框，好悬挂在墙上，表示你还不忘记你妹妹。你妹妹是无一时能忘记你的，就是他，这时也在我写信桌子的旁边，要我替他问你同姐夫的好。

你的妹七月十日

尾

大妹近来就是这样，同一个年青、彪壮、有钱、聪明、温柔、会体贴她的大王生活着，相互在华贵的生活中，光荣的生活中过着恋的生活，一切如春天，正象她自己信上所说样；雷霆是当日的雷霆，风雨是当日的风雨，都不必再去说了。过去的担心、疑虑、眼泪，都找到比损失更多许多倍数的代价了。

至于那些里耶人呢，凡是在那年五月五日对宋家母女有过妒嫉的心的，无用的妒嫉还是依然存在。

一九二六年三月二十四日毕于西山

说故事人的故事

许多人爱说别人的故事，是因为闲着无东西吃，或吃饱了以后，要寻出消化那好酒好肉的方法，所以找出故事来说。在上海地方的几个我所认识他们脸嘴的文艺复兴人物，就有这种脾气。这脾气自然是顶好的一种脾气！也因了这脾气的存在，一个二个便成了名人了。这巧妙处自然不是普通人所知道，但只要明白说话人是对自己一伙的加以夸张，伙外的加以讪笑造谣，事情是成功了。

这些人是无故事可说了。若必定有，那也总不外乎拜访名人，聚会闲谈，吃，喝，到后大家在分手时互相道过晚安，再回家去抄一点书当成创作，看看杂志来写论文而已。

笔尖，走你的路吧，把你认为是故事的故事说完好了。

我那时是收发员。年纪是十七岁。随了一个师长到龙潭。在龙潭时贺龙还是我们部队的团长，除了成天见到他来师部打两百块底的麻将牌以外，并没有看得出这伟人在嘴上生有獠牙，或者额上长角。晚近伟人真是来得不同了，本事不要，异相全无，运气一来忽然就伟大了。

那时做收发员的我，每月拿十三块六毛钱的月薪，另外到副官处领取伙食津贴三元，每天早上起来靠在那戏台看楼上用擦面牙粉刷牙，白天坐到白木案前把来去公文摘由记下，吃饭时到军需处去吃洋芋煨牛肉，晚上到河边去看看上滩的船，发薪时就到一个传达姘妇开的赌场上去把几块钱输到扑克上去。钱越输扑克赌术也越精了，赌术越进步钱也越输得可怜。这样日子把我消磨了一年。到底人是年青人，把钱输光了，出去就是看人家打牌，在住处就是用公文纸照到戏台前木雕故事画人物儿玩，日子过起来究竟还是不比如今多懊恼。

在那地方是不必花钱也可以找到玩的方法的，譬如到河里去洗澡，到山上去摘野果野花，更胡闹一点的则是跟了年长一点的人到乡下去，调戏乡姑娘，日子过起来总不算长的。

日子虽然容易混，天生是怪脾气的我，不知为什么总觉得不能与这生活相合，终于想回湘了。我在师长面前告了假。（愿上帝给这个人在地下安宁！）知道我是把所得的一点薪水全输到扑克上面的上司，见到我愿意调回镇守使署，照旧做我的十二元一月的书记，就准了我所请求，还让我到军需处领三个月干薪，作为这一趟跟到他移防川东的酬劳。谢谢这好人，给了我这样多钱，使我可以坐船回家，不至于再象来时爬那个三十五里高的棉花坡。

把钱从一个矮子田军需手上领到手，尽他把我在一次一个同花顺上欠的七块账扣去，我估计我回到保靖是至少还可以剩廿块钱。得了钱，又回湘，自然是欢喜的事了，当我把一切小账还清，把护照得到，把师长为我写致镇守使的信得到以后，我只等候上船了。

谁知等了四天，还不能动身。这正象是运气中所注定，说我的钱是在川东得，决无拿回湘西的理由，所以在一个夜间被一个本来不甚熟识的弁目牵牵扯扯到了那女人家，一坐下，四轮庄，我的钱去了一半。弁目是赢了。但见到我说非走不行时，他做出仿佛与我共一只鞋的神气，又仿佛是完全来陪我打牌的神气，所以我们就同时下场了。下了场的他，似乎不大好意思，就一定要请我过醉仙楼喝酒，是吃红，又是送行，推辞不得。我只好又跟到他去。把酒喝到三分醉，他会过四吊铜元账以后，因为有点醉，就又要我陪他到第七旅监里去。在军队中交亲原是一场扑克一壶酒就可以拜把的。

我说："这个我决不去了，我要睡了。"

"早！时间早，老弟，去去好。你不是常常说到还不曾见过好女人么，跟我去，那里的包你满意。"

说不见到好女人，似乎是在牌场上说的笑话，他却记到了。

我说："不行！我不愿到牢里去看女人的。"

"女人好，在牢里看又何妨。你只要看看，包你满意。真是了不得的女人。"

我大约也稍稍有点酒意，经过他一说，也想答应了。

"什么样的女人？"

这弁目是有点踉踉跄跄的模样了，见我问到女人是什么人物，就大声的说是“土匪”，名字是夭妹。土匪中的名叫夭妹的，我是在另一时曾听到人说过了。先听说已经捉到了关在酉阳监牢里。许多人说过，这是女怪物，生长得象一朵花，胆量却比许多男子好，无数男子都在她手栽了跟头，好奇心的我就存了愿意见见的想望。如今是只要欢喜就可以见到了，我不能说不去了。

到了监牢的路上，我才从这弁目方面知道这女匪就是绰号夭妹的从酉阳移来龙潭还是近几天的事，是为了追问这女匪枪支藏匿所在，所以解到这里来了。

所谓第七旅监牢者，是川军汤子模部的监牢，内中拘了不少命里有灾难的人物，也有带罪的军人在内。守这监牢的是川军，兵士约一排，驻扎在牢外。弁目对于这守牢长官是相识的，所以能随便来去，且可以同犯人说话，因为被拘的有军人。因此更容易到犯人处了。

我就跟到这个人进了监牢的门，一直到女匪夭妹的住处，进了特为这女大王备置的屋后，隔了栅栏望着在一盏清油灯下做鞋帮的一个少妇的背影，我先还以为是营长太太一类人物。

这领带弁目进来的老妇人，把我们引到了这里，却走了。

这略有酒意的弁目，用手攀栅栏，摇动着，说：

“夭妹，夭妹，有人来看你了。”

望到这女人回身的姿态，望到她在灯光下露出一个清瘦的白脸，我除了觉得这女人是适宜于做少奶奶的好女人以外，简直想不出她能带了两百枝枪出没山中打家劫舍的理由来。这人不是坏人，是再明白也没有的。我且一眼看定她还是好人中的正派人呢。我就在心中想，或者这是错了，被冤了。

不过，她走过来了，她笑了，她说话了，我应当承认我的错了。那一双眼睛，在暗中还放光，先是低垂着还见不出特别，到后一抬起，我即刻相信一切传言了。

望到了弁目又望到了我的这女人，口角边保持了向人类轻蔑的痕迹，这痕迹且混合在一种微笑中，我是从有生以来，也并不曾遇到过女人令我如此注意过的。我想说什么也说不出口，就只有对这女人做着诚实的笑容，同时我把怜悯放到眼光上，表明我是对她同情的。

弁目把手从栅栏空间伸过去，抓着了那人的一只手，说：

“夭妹，我是特意带我这个好朋友来看你的。”

女人又望望我，好象说未必是好朋友罢，那神气聪明到极点，我又只有笑。

“他是年青人，怕羞，不必用你的眼睛虐待他。”

我对这经他说过才知道他早已认我为好朋友的朋友，醉话有点不平了，怯怯的分辩道：

“我才不怕谁！你不要喝多了乱说！”

女人是用她的微笑，表示了承认我说的是真话，一面又承认弁目所说并非酒话的。她用她那合江话清爽音调问弁目：

“朋友贵姓？”

“要他自己答应好了。”

女人对我望，我只有告她我的姓名。

于是我们继续说话，象极其客气又极其亲切。

“衙门事情大概是忙吧？”

“不忙，成天玩罢了。”

“你们年青人是玩不厌的。”

“也有厌倦时候，因为厌倦，倒想不久转家乡了。”

“家乡是湖南？”

“是 ××。”

“×× 人全是勇敢美貌的人。”

“那里，地方是小地方，脚色也不中用！”

“×× 人是勇敢的。”这话大约不是夸奖我，完全对弁目而说。

说到这里女人用力捏了弁目一下手，我明白了是她应当同他另外有话说了，我就把头掉过去看房中的布置。望到那板床上的一床大红毯子，同一条缎面被，觉得这女人服用奢侈得比师长太太还过余，只听到女人说：

“事情怎么了？你是又吃酒把事误了。”

男子就分辩，幽幽的又略含糊的说道：

“酒是吃了，不过你答应我的那件事？”

“你骗我。”

“赌咒也成。我是因为商量你那件事，又想起你，人都生病了。”

“你决定了没有？”

“决定了。我可以在天王面前赌咒。你应当让我……我已同那看守人说好了。”

“我实在不相信你。”

“那我也没有话说了。”

女人不作声了，似乎是在想什么事体，我也不便回头，隐隐约约中，我能料到的，是必定弁目答应她运动出狱，她应当把藏在他处的金钱，或身体，信托给这男子。女人是在处置这件事。因而迟疑了。

使我奇怪的，是这样年青的女人，人物又这样生长的整齐，性格又似乎完全是一个做少奶奶的性格，她不读书不做太太也总可以作娼，却在什么机会上成了土匪的首领？从她眼睛上虽然可以看出这女人是一个不平常的女人，不过行为辞色总仍然不能使人相信这是土匪！即如眼睛的特别，也不是说她所表示的是一种情欲的饱餍。我记得分明，我的好几个上司的姨太太，论一切就都似乎不及这女人更完全，更象贤妻良母。谁知她这个女人却是做过了无数大事的名人。

我心想，这个人，若说她能处治人，受处治的或者不是怕她，不过是爱她罢了。见了她以后，是连我也仿佛愿意与她更熟习一点，帮她做点事的。

等了一阵我又听到她在说话了，问题象仍然是那一件事，弁目要她答应，她答应了。她又要弁目赶紧办那应办的事，弁目赌咒，表示必办到。

到我再走过去搀言时，女人在我眼睛中仍然是一个稳重温柔的女人了，照例我是见到这种女人话就少了的。她见我无话可说，就又找了许多话问我。她又把所做的鞋面给弁目看，我才知道鞋是为弁目做的。从鞋子事上推得出这女人与弁目的关系，是至少已近于夫妇的关系了。

大约留在这地方有一点钟时间，好奇心终敌不过疲倦，我就先离开这里，回营里睡了。当回去时，女人还要弁目把我送到师部门口，是我不愿意，这弁目才送我出守卫处就转去。

第二天一清早。我象是已把昨夜事情忘了，正起身来洗完了脸，伏在那桌子上临帖，写到皇象的草字，这新朋友弁目把手搁到我肩上喊了我一声。回头见是他，正笑着，我的兴味转到他身上来了。我也对他笑，问他昨天什么时候回来。

这汉子缩了缩头，说："惹出祸事了。"说祸事时好象仍然不怕的。

"我不信，你除非是同她到牢里作那呆事情。"

“除非呀！不是这个祸还有谁？”

听到弁目居然同到女人在狱中做了些呆事，忽然提起我的注意了。先是我已经就有点疑心他同女人，谈论到的就是这件事，女人不放心，他赌咒，也是这件事。料不到是我走不久他就居然撒了野。不怕一切，女人也胆大到这样！

我说：“告给我，怎么出乱子？”

这爽直的人，或者是昨夜我回营以后，还同女人论到我，女人要他对我亲热一点了，今天真象什么话都要对我讲。

“怎么样，就是这么样的！我把那管牢老东西用四块钱说通了，我居然到了里面，在她的床铺上脱了这女人的上下衣，对不起，兄弟是独自用过她了。不知为什么他们知道了消息，忽然在外面嚷起来了。”

他停了一停，我并不在这时打岔。

“来人了。兵全来了。枪上了刺刀，到了我们站的那个地方，装不知道问在里面的是谁，口口声声说捉着了枪毙。这里有我所熟识的排长声音。全然是这人也打过夭妹的主意，不上手，所以这时拿到了把柄，出气来了。我才不怕他！我把身边的枪放了一夹子弹，扣了衣，说：‘朋友，多不得心，对不起，我是要走了。站在我身边的莫怪子弹不认人呵。’他们见到我那种冷静，又听到子弹上槽声音，且在先不明白里面是谁的兵士，这时却听得出是极其熟习的我，成天见到面，也象不大好意思假装了。过了一会就只听到那排长一个人生气指挥的声音。我就真出来了。我把我手枪对准了前路，还对到那排长毒毒的望了一眼，堂堂正正从这些刺刀边走过，出了大门，回家来睡了。”

一个不明白我们军队情形的人是决不相信事情是这样随便的。但我在当时是看到类似的事情很多，全不疑惑了。说到了回家就睡，我才代为他想起这事应当告给师长晓得。

经他又一说，我才知道不但这事师长已明白，并且半夜里旅部即来了公文要人，师长却一力承担，说并无这个人在部，所以不日这弁目也要走了。

我问他究竟答应什么条件就能与这女人上手，他却不说。但他又说到这女人许多好处长处，说到女人是如何硬，什么营长什么团长都不能奈何她过，虽然生长得标致，做官的把她捉来也不敢接近她，因为自己性命要紧，女人是杀人全不露神色的。一个杀人不露神色的女人，独能与弁目好，我是仍然不免奇怪的。

我正想问他女人见他走时是什么神气，楼下一个副官却在大声喊那弁目的名字，说是师长要他到军需处拿钱。弁目听到拿钱就走了。望到这汉子走下楼梯，我觉得师长为人真奇怪。这样放纵身边人，无怪乎大家能为他出死力。但这军纪风纪以后成什么样子呢？还正在一旁磨墨一旁想到这弁目同女人结果是应当怎样，楼下忽了吹的哨子，卫兵集了合。

听到师长大声说话了，象是在生气骂人。

听到那值日副官请令了，忙忙的来去不停，大的靴子底在阶石上响。

听到弁目喊救命了。我明白领钱的意义了。

我把窗打开一看，院子中已站满了兵士，吓得我不知所措。那弁目还不等到我下楼已被兵士拥去了。一分钟以后我不但清楚了一切，并且说不出为什么胆寒起来，这说故事的人忽然成了故事，完全是我料不到的。还仿佛是目前情形，是我站在那廊下望到那女人把鞋面给弁目看，一个极纤细的身影为灯光画到墙上，也成了象梦一样故事了。我下午就上了船。还赶不上再多知道一点两人死后的事情，我转湘西了。

这故事，完全不象当真的吧，因为理想中的女大王总应当比女同志为雄悍，小说上的军队情形也不与这个相似。不过到近来，说到这事时我被那弁目的手拍过的右肩，还要发麻，不知怎么回事。

一九二八年冬作

喽啰

“好，你做得真好！”说话的是个小伙子，脸儿白的，身个儿在他年龄上算起来是高了点，但这山竹笋子抽条样的发育，却形成了他的美观。他是在夸奖我哩。

什么样东西做得真好？我不说，看大家猜。

有人会说这是在讨论文章。不是的。关于这人同我的一切，到此时，本身已成一段故事了。让我来说这个故事吧。

那时我正在用一把笨重方头凿子雕琢一个木人头。我不瞒你们，在过去我的某一时代中，我对于一个木匠的兴趣，是比拿笔真要感到好玩许多的。若果机会给了我另一条路，也许我这个时节，已在我们乡下做了多年专门雕佛像的大师傅了。我承认我的才能若果是向雕刻那条路走去，比之于做文章也还容易见好一点的。这不是自吹。但是，到如今，你就送我一把德国式的精致方头凿，一段削得四四方方材料合式的洋橡树，我可不能雕成木傀儡的样子了。时间隔久了，我把我的手艺全丢了。如今我是只能拿笔来雕这社会各样面孔形象的一个人，且总雕得不如意。我想起过去，真有点儿惨。

我是一匹肥羊，别的人是这样硬派下来的，其实并非征求了我同意。正经话，我成了“肥羊”了。这名词，象有点滑稽。每到冬天我们住在北京不拘那一块地方，不是都可以见到一群或一只毛长长的身体胖胖的绵羊么？有些人，无事闲着闷得慌，走到东四、西四或别的有小馆子的门前，不是就有杀羊剥皮的热闹给瞧一个饱么？我就是那类羊。虽然我身体还比如今瘦小很多，但人家是把我当羊看待的。不一定剥皮，也不一定要杀，但只一种，吊上山来。家中不出钱，可不成。其实照我的意思，象近来常常因了馆子不赊账的缘故，终日要挨饿，到了节期又得躲到街上去，怕见寓中掌柜的脸孔，倒不如那时在山上做肥羊，受他们喽啰善意的款待，每日用白煮鸡汤泡大米饭吃，日子好过的多多了。我相信，除了少数卖卤鸡铺子中的人或者比我多吃了些鸡以外，我敢说，我那年吃的白鸡比任何人都多！每日吃，过早是，午饭是，晚饭是，消夜也是，一直吃五个多月。若是家中不即赎我，恐怕我还要吃一百两百鸡，那是无疑的。我不明白别一个被山上大王硬派为肥羊的人，关在山上时，是不是也有这样款待。实在说，结果，家中只花五百串钱就放我下山转回家。照近来鸡的市价来作价，以每日一公一母两只鸡来算，我就已经扳本了。就是住公寓，半年来，也就不止此区区数目。还有一件事，我得在此说说的，下山回到家时，家中人见到都说我胖了许多。被人当成羊看待，渐吃渐胖也是平常事。不过我的朋友住医院三个月，出来瘦得象猴子，使我想起另一世界，又不禁神往。我是想找一句两句俏皮一点的话来批评这肥羊生活的，半天却觉得竟无一处能令人引起坏的印象。山上大王气派似乎并不比如今的军官大人使人怕；喽啰也同北京洋车夫差不多，和气得要你一见了他就想同他拜把弟兄认亲家，这我有什么法子可想？我不是不明白我们做百姓的人，在过去，有被县太爷冤枉打了二十个板子，爬起身以后，还应叩一个头，说是“谢老爷恩”；直到如今，也有随时颂扬政府官吏的义务。讽刺了国家委任的官吏有罪，夸奖落草的英雄便有暗中宣传什么化的嫌疑。

但我没有法。当时我家中不敢请官家为我报仇，只是怕麻烦官家，并无别的用意。如今，我倒很愿意先筹这一笔款子，送到山上去，请他们收容我，伙食比先前开得稍差一点倒无妨，倘若是还有这样一个地方的话。五百串南钱，按最近北京洋价折合，约在一百二十五块钱左右，这比我住五个月公寓用的房饭钱还要少好多。就是到西山卧佛寺一类地去避暑，也未见得有那山上的凉爽。我眼前一点儿咳嗽病，一到那有大王住的山上去，也会自然而然告痊的。算起来，真是太划得来了。并且若是这种招待所在北京附近设得有，我还要劝我的几个朋友不妨也去住。因为这样一来，不单我们便利，也省得警察厅许多的麻烦——做肥羊的人一多，公寓中住的人就会少，公寓中人一少，清查容易，就不怕再隐藏革命党了。……有了，我得说我的故事，笔一纵，就溜到别的事上去，类乎在同法律开玩笑，这是不对的。要我管理一枝笔，不如管理一把凿的容易，我才说过了。请你们看我雕的木傀儡吧。

这是一段柚子树。我在那上面刻了一个半身像。我暗中是仿照朱五哥（二大王的名称）脸孔下手的，不过脸部刻成时，我就觉得这全不象他，与田大哥（大大王的名称）反相近了。相近，也不过鼻子同眉毛部分略相近而已。然而一为三傩见到时，就大声的笑，说是“简直是大哥”。不久其他几人全知道了，围拢来看的结果，硬说是为大哥雕就的。体贴人情的本能我是存在的，我将计就计，便说是特意描着大哥刻就的，不很象，但改正一下或者就对了。

当大王让我在他吃饭的时节在他面前取样时，我把大王鼻子、耳朵、口及下唇的线全给修正了。这一来，我想着我以后会成一个雕刻家，我高兴的很。我把家中母亲同大姐二姐忘记了，只一心一意雕那段木头。我相信，设或当到那时像还不完工，家中就已派了帮工老廖来赎我，我愿不愿走还无把握的。

眼看头是大体一定了，我就用力把那段木头按到膝上去，刻画肩部的衣襟。大哥头上原是挂有一条银链子，我又小心小心去雕浮起那颈链。看的喽啰比我还出神，尤其是三傩两兄弟，都不离开我，凿子一有毛病，三傩就差派四傩去磨。一个外山喽啰来到这里时，三傩就从我手上攫过那段木头去给人家欣赏，我从这中就得一些比喊我为少爷以上的亲热体己称呼。

“三哥，你莫闹他罗。”四傩每每这样为我抵抗他三哥。这四傩，就是我所说的那个白脸小伙子。我们是同村子人，先可不相识，到山以后他却介绍他自己给我。算是监视我，实际上是比家中看牛小子还驯善，凡事同我在一起。他生来说笑的天才，却不为在山上做了喽啰而失去。就是手同脚，也一点不见得同一个普通乡下人两样。虽是破旧的却干净的衣裳，把袖子卷起到肘以上，配上那副苍白的常有笑容的脸，我想起一个表弟弟，简直全都象。这小子，我一见他心里就似不受用。若是要研究我生活的全体，我是怎样认识美同爱，我老实的说，就是他。由他身上我开了我自己生命的大门，放爱情进心中了。想来还使人忸怩。在我同他到一处，有一次，因为上树去摘林檎子，我抱了他上到树椏去，我觉得我是用抱一个妻的章法去抱他才应如此的。我私下就红了脸。至于他，是不是也在爱我，可就不知道了。

有一天，我们在堡寨门前大桐子树下雕那木人头。

“好，你真做得好！”

四傩说了，对我笑。我是高兴那称赞我以外的笑容的。

三傩正从后坡下到庙里来，两肘平平的捧了大堆杂货东西，满头满脸全是汗。四傩从他哥手上抢了一只大乌梨，扔到我脚边。

“这是大哥叫拿来的，四傩！”

“那要什么紧？”

我见到这样，恐怕三傩发他弟的气，就想起身退他那只梨。四傩拥着他的哥的背，“快走吧，告大哥，二少爷吃了一只梨子算那样事？”

“四傩，我不渴，退他吧。”我跟上去。谁知这一来，三傩倒说要四傩再拿一只梨，且抓一些枣。

“……我这抱兜里有枣，你就为少爷抓点。”三傩是两手无空不能活动的。四傩听他哥的话，就又从三傩肚子前大皮抱兜里抓出一大捧枣来。

我把木头放下，我们一同来吃枣。天气热，太阳晒得狗发喘，我们一同坐到梧桐下让风吹，满地是枣核。吃了枣子又是梨，梨子酸得我们打牙战，谁说不是顶好消夏方法呢？

“少爷，你的手艺真是了不得，你是可以雕观音菩萨的。”

我就始终不明白，人这东西究竟为什么，一听到同他相好的声音就心中发痒！传说普通雕匠各样佛能雕，惟有观音菩萨的法相，那是选人的。不单是这人得虔心，就是雕匠的平素为人也就有关系。雕过观音的人死后升天不算数，就是生前这人不得好妻也得养出好看女儿的。这是观音菩萨的报酬。但我心想我即雕观音，能得一个好妻就会比四傩长得更好看么？是不敢信的。

我想到另外去了，便说错话，我说：

“四傩，我可以为你雕一个，你保佑我好吧。”

“我能保佑你么？”四傩微微的笑我已感觉到他保佑我能得到他的永久友谊了。

“你能的，四傩。你保佑我以后能得一个妻，象——”

“象陪到观音菩萨站立的龙女。”他见我不说下去，就为我补足。

错了，我不是这个意思。“龙女配善才”，是有主儿的。我想要四傩保佑我将来能得一个同他一样好的妻，我怕说，不说了。

我们从雕像移到梨子上头去。四傩说了个故事。

他说梨，比这酸的也还有。过去不久大王同到他三哥到一个地方去请客（变一个说法是捉羊），到大路旁摘了一个梨，差点把牙齿酸掉。大王一发气，拔出刀来把那梨子砍剁得稀烂，还叫他三哥上树去摇落这一树梨子，免得后来又害人。

四傩说了四傩自己笑，我可不。

有什么可笑？四傩的话声音象唱歌。一个人，尤其是近来，我觉得一个年青的喽啰，会有这样天赋的良善的美的一切，我不笑，一点都不笑，当时就是这么的，我为这天工的巧妙分配与奇怪的装置，我真要哭了。

我说：“四傩，喽啰这事业对你真不合，你怎不去学唱戏？”

“这比唱戏好多了。”

“将来你莫要做大王吧？”

“我哥一做头子我就变成二大王——但喊是应喊四大王。”

“我可不是那样想。我想读书去做官。”

“做官比做土匪找钱容易点，是不是？”

我答应他是。当真是做官比做山上大王容易找钱点么？这是一定的。因为山寨里，大王同喽啰，得来财物纵不是平均瓜分，也得算清数目按功劳分派，大王独吞可是办不到的事。至于官，则从中国有官起，到如今，钱是手下人去找，享用归一人，是又不单止找钱有法律保障不怕人说了。但我当时说做官，可不想到找钱事上去。住在城中的孩子，他的人生观，做官比做大王方便一点是真的。若是我是个喽啰，一定也是只想升大王，做喽啰头子去。

麻衣相法我是从小就留心，运用到来观察四傩的将来，长的鼻子配上宽的额，是个翰林相。

“四傩，你若是读书，将来怕要点翰林，中状元哪。”

“靠不住。”

“靠得住。我会看相的。你是个翰苑相。”

他不懂“翰苑”，但知道是上京去做文官的。他说他要考武举，中武状元。只要是状元，武也好，文也好，又有什么分别呢？我就赞成他的喽啰生活了。(过了两年，我去做官家的喽啰了，危险是一样，长年随同城里大王到处跑，钱可还不及四傩一半多。这只好说是我的相就不如四傩。)

这我得补说两句话，是关于我的性格的。因为爱逃学，逃到城外大河钓鱼我才被人捉上山来当肥羊。这一来，初初自然是不惯，哭哭闹闹要回家。到后看到在山比起住到家中时的自由，完全是两样，我在拘束中的放肆简直同一匹小马。对于玩感到比饮食还重要的我，就怪自然怪舒服的打住下来了。不是家中来赎我，纵让我逃走，我也不高兴去做的。地狱的名字，我看来，就是形容私塾那东西，倘若孩子们也有地狱在的话。我是被先生发气青起个脸嗾我自己搬凳子过去打屁股的刑罚吓够了的人，直到十五岁以后，遇到做梦还有时要哭，未必不就是过去的威严刻在我心上的结果！到山后，书是不必读，玩，各样的野蛮粗糙的玩法，随意都可做，且有一个内行的又合式的伴，我是在我自己世界中也成了一个大王了。除了用心去找新奇一点的玩法以外一点事不做，又不怕谁个管教。人家完全把我当个客，对我很客气，按照我的生活分派算一个总账，那一时，真是一段好运气。直到如今我还是有些地方露着野马的性格，这便是那五个月自然教育的影响。只可惜是时间太短了，竟使我成一个有野性而缺少那更要紧一点的呆气力的人，不然这时真去落草也并不算迟！

三傩的脸孔是个田字形，情形又象不曾耕过的山田，随意长了些头发同胡子，身体壮，田里长的东西也比别人格外粗，按时除草也象不中用啊。四傩呢，简直是个可以在打大醮迎故事时装观音的模样。那样终日怯怯的略带病样的印象，永远没法把它从我的脑中消灭！

大王那木像，雕成后，送把大王，我就不再过问了。只有四傩的像，是雕在我的心上的，我将带它在身边，到老死。

一九二七年九月作完

卒伍

不是为任何希望，我就离开了家中的一切人了。

照规矩——我还不明白为什么我们的这个地方有这种规矩。照这地方规矩，我小学毕业以后，要到军队上当兵，也不是打仗须人，也不是别的，只是地方人全象那么办。一面自然为的是自己太不象是可以读书成器的人，所以在七月十五我母亲和邻居一次谈话，我的命运就决定了。

六月间毕业考在第三，方高兴到了不得，每次见到阿姨她要为我作媒，谁知到中元节以后，我就离开了家中，从此是世界上的人，不再是家中的人了。

想起来当然不免有些难受，我出门的年纪太小。比大哥，比六弟，还都小。照我的十四岁半的年龄论来，有些人出门到别处吃酒，还要奶妈引带，但我却穿上不相称的又长又大的灰布衣服，束了一条极阔的生皮带子，跟随我们家乡中的叔叔伯伯到外面来猎食了。

日子是七月十六，那一天动的身。

我永远不会忘记这一天的。大清早落了点小雨，直到如今一落小雨我就能记起那第一次出门的一切！

十四那天，给人约下来第二天到河里去洗澡，就已答应下来。

洗澡，可不是任何人想得到的有趣！从早上吃过饭以后，一直洗到下午三点，这是成了很平常的事情的。把身子泡到水中厌了，几个人又光身到浅水滩上摸鱼。可并不是一定要摸一斤两斤鱼。即或把鱼摸得许多，谁也不敢拿回家去。把鱼摸来，那运气顶坏的鱼一到了我们手中，就在滩头上挖一小池，把鱼放到池子里去，用手为鱼运一些新鲜河水，回头又常常忘记释放这鱼，于是泰然的在估定应当回去的时候回去，鱼是谁也不再理会，终于成了涸鲋了。洗澡呢，互相比赛这泅过河的速度，互相比赛打汆子谁能潜在水中久一点，又互相比赛浇水。人是天真烂漫那么十个八个年龄相同的人，侥天幸在水中可从不闻淹坏一个。

一个热天把身子每天浸泡到水中，泅水是特别显著有了进步，可料想不到，正因如此，却在这一件事上决定了我的此后命运了。

“又到洗澡了，不准吃饭！”娘或者大姐，见到回家时我的神气就明白了。

于是就分辩。这分辩明知无用，显然的是皮肤为水泡成焦黑，而且脸上为日头炙成酱色了，就说不吃饭也成。然而回头自然而然就又有那作好人的外婆和我那姐姐送饭来空房中吃。

大哥在家时，那是有点害怕的。遇到在河中正高兴玩着各样把戏，大哥忽然远远的来了，就忙把功夫显出来，一个汆子打到河中间去，近视眼的大哥就不会见到了。或者一个两个把身子翻睡到水中，只剩一个头盖鼻孔在水面，远远看去正象一些小瓢；那是纵留心在岸上细心检察，也不能知道水中究竟是谁的。然而有时大哥可以找到我们藏衣服的地方，事情可就不容易轻易过去，结果必定是用手拈了我耳朵，一直拈到家，又得罚跪。可是这个顶大的“仇人”已出门有一年了，除了大哥，我谁都不怕。

打，还是要人受的。挨得太多了，反而就当成一种习惯，一切不在意了。家中又不能把我关在一间房子里，我总有方法出去。只要莫洗澡，省得家中担心我为水淹死，也许我还可以勉强再在家中呆一两年罢。可是这一种禁令比任何处罚还使人难受。水就是我的生命，除开是河中水过大，恐怕气力太小，管不住浪头和漩涡，在这样大热天，我和我的同学，谁不愿有一天不把身子跳到潭里去过回瘾。

每早上，常常把买菜的钱输到一些赌摊上去，不敢回家，是常事，我是在洗澡以外又有这门武艺的。把钱输尽又悄悄的返到家中来同外祖母打麻烦，要她设法，也成了屡见不鲜的事了。我真奇怪我竟有这样一段放荡的过去。我也不明白这趣味究竟怎么养成，又怎么消灭到无影无踪。

总之，我的行为在本地人说来已象个候补的小痞子，完全的，一件不缺的，痞到太不成形，给家中的气愤太多，家中把我赶出来了。

到目下，我非常怕与水狎了。赌博和我也好象无缘。

一切跳荡的事也好象与我无缘。因了昔日的我形成今日的我，我是已经又为人称为“老成”了。从某些有前途的人看来，可又太拘迂怕事了。

十五，那一天，是我“洗礼”的最末一次。大早上照规矩如家中所命定下的日课，把一张黄竹连纸马马虎虎写了一遍《灵飞经》，又潦潦草草写了十六个大字，把饭一吃，家中就不见到我的影子了。我到了我们所约定的学校操场，几个人正爬在树上等我。

“还有四个不来呀！”

听他们所说的话，显然是不必忙到河里去，我于是也爬到一株杨柳树上去了。

在树上的同伴一共八个人，各人据在最高枝，那么把身子摇着荡着，胆子大一点的且敢用手扳着细条，好让身下垂到空中。又来互相交换着昨天晚上分手回家以后的话，又互相来讨论到今天应当如何，来消磨这一个整天。说话说到第三者，不拘是教员校长，总不忘在话前面加上一点早成习惯的助语。一些蝉，无知无识的飞来，停到这操场周围任何一株杨柳上。这杨柳若无人占据，则大家就追到这蝉叫声所在，争爬到那树上去把蝉吓走。这工作，是我们所能在这大毒秋日下唯一的工作！各人能把身体训练得好好的，也许这也不无用处罢。

大家既是那么耽下来，约好的几个人慢慢的全到齐了。

每一个人都会爬树，因此后来的人总也不肯落后，即或见到我们正预备下树，仍然得爬上去一趟。爬到上面后，或使劲在树身上翻一次倒挂金钩，或从顶高地方跳下，意思并不一定是让人看，就是自己一个人在此，似乎也有这样需要，为的全是猴儿精。

“去！”

“去！”

大家应和着，出了北门。北门实即学校的大门一样，到北门，则已见到汤汤河水了。

沿河上，走不多远，要过一个跳石，有上百个石墩子得一一走过。或者不过这跳石，则须到上面半里路处把衣裤缠在头上泅过河去才行。

时间虽然早，可是在那长潭上泅来泅去，以及在那浅碾坝下弯了腰摸鱼的已有好些人了。鱼多抢上水，磨坊前的急流水，照例是杨条白鱼集中地。

各人在一种顶熟习顶快捷的手法下，已把身子脱得精光，凡是那屁股白白的，被太阳晒的资格就浅，下水总慢一点儿。我们三五个人是把衣裤向头上一缠，如一群鸭子见水一样，无声无息的都早在水中游着了。

“不准打水！”你也喊。

“不准打水！”我也喊。

为得是各人头上缠有衣裤。照规矩，这么过河是应当无声无息的“踹水”，不许随便用脚拍水的。其实衣裤回头全得湿了水。在大的毒的能够把河滩上石子晒得不敢赤足走过的日头下面，谁还怕衣服晒不干？然而规矩是不能打水，我们全是踹水过的河，谁都不会忘记这一件本领！若不能踹水，则就是那类屁股还不曾晒黑的人。他们是只能从浅处过河了。

过了河，大家把衣服在河滩上用石头压牢，一天的节目在水面上开始了。各人任意玩，欢喜什么就做什么。那里是一道拦河斜堤，只把水拦住一半，全部河水分成三份，一份随斜石坝流向碾坊，一份让船通行，还有一份则从坝上散乱流下去。

我最饿蟋蟀，就象一个水鬼一样，不必再穿衣服就追逐了一种弹琴的蟋蟀声音跑到高岸旁土坎下去。太阳越大则阴处的蟋蟀声音越好，这是只有河边有这情形的。

在一种顶精细的搜索中，这个带了太太在唱歌的混账东西立时就在我手窝中了。我欢喜到不愿说话。我叫他们来看这个我从不曾经见到过的大蟋蟀，于是我身边即刻就围了一堆水淋淋的小鬼。

蟋蟀是叫一般同学都吃惊了。我综计我自从养蟋蟀以来，就不曾有过一次得到这样一头大东西。我不大愿再下水去洗澡了，想法子来安置这俘虏。得找一个竹筒之类，则这个东西就不愁它逃跑了。各处寻找的结果，却又没有一件可以说是能安插这东西的。各处找大蚌壳，今天却不拘怎么设法也不见到一对较大的蚌壳了。

“唉，我不下水了！”我不能让这东西跑去，我只能用手握着这东西在岸上呆着看这些人泅水了。

我实在又愿意下水泅一阵，又感到无法处置这手上东西。

凡是洗澡的初初不很会泅水，一到深处即下沉，救济方法把自己的裤子下脚用线捆好，将裤子先用水泡湿，一个人提着两只裤脚，一个人拿着裤头骤往水中一钻，将裤头用线捆好，则裤子即刻膨胀起来，成了“水马”。有水马在胸前，则深水中去也无妨了。我到后见到了他们的水马，才想起用我裤子来收容这蟋蟀的方法，我且采了不少树叶垫到裤中，十分谨慎小心，好好的把这家伙放到裤子里去，各处用裤带捆上，这样我也能自由到水中去同他们厮闹去了。

又不知道疲倦又不记起肚子饿，到回家，已是许多人家烧夜饭时候了。

我手中捏着的东西简直使我欢喜到忘记回到家中又要受质问。到家后，走到书房去取盖碗处置蟋蟀，大姐姐跟到后边只好笑。

“为什么？”

“我看你样子是又到河里洗澡了。”

“只洗一点钟，并不久。我上午是到观音山捉蟋蟀玩的。”

“有人见到你在河里，还扯谎！”

不说谎，我是简直就无话可说了。大姐就望到我为蛐蛐洗澡，为蛐蛐喂饭，也不再说什么话，只告诉我夜间有一点儿事，莫出去玩。

我答应她后，我却在她转到上面房里时，偷偷溜出大门，带领我新得的将军同人决战去了。打两次都是胜利属于我这一面，就高高兴兴回家吃饭。

我见到娘只是对我笑，是吃饭时候，还不明白是什么事。我并不心怯。这一两天我不曾同谁打过架，又不曾到米厂上去赌过钱，心里想不出有毛病给家中找出，也就坦然的把饭吃了。

吃过饭以后，娘却要我换一件长衣，且给我新鞋新袜，简直莫名其妙。这一个热天来全是赤脚的我，对于鞋子真感不到兴趣，然而是新的，也就好。到把一切穿得整齐时，娘却要我送她到一个亲戚家去。

是的，我去了。那地方我是愿意去而不常敢去的。那家有一个女儿，是一个时候曾同我住在隔邻，这女儿是装过观音菩萨当打大醮时抬着在街上走过的，看起很给人舒服，且曾听到说过还没有人家。这次不是“看郎”吧？我疑心到这个时，却不敢进这个亲戚家了。

“娘，我在这个地方等你吧。”

“为什么？”

“我不愿。”

“应当愿，这来是为你找事作！”

我不十分懂找事作是什么情形。我何尝想到作事？在我的年龄中我只想家中给我自由的玩，我决不会玩厌。听到找事的话，倒茫然了。

“还是送我进去，你可以到花园去玩，莲姑或者在花园。”莲姑便是我所说的那个好看的女孩子，比我小，人却比我高。我就答应了。也不是象母亲所说同莲姑玩，我只是想，到花园去看看他家金鱼也好，就从他家大院转到花园去了。

这花园很大，各样花全有。这时池子中全是莲花，金鱼极其多。我答应母亲到花园里来，一面还有一种偷摘一个莲蓬的野心，倒以为那个莲姑不在此方便一点。

沿着荷池跑去，这时晚风很热。日头快要落到山后去了，天空中有霞，又有无数的鹰在空中打团团。

我把脚步声音加重，好使那一边为牵牛篱笆隔开的地方有人则可以听去。没有说话的声音，因此我胆大起来了。

我沿到荷池走就是为找那伸手可摘的莲蓬。把莲蓬找到，似乎是用手还够不到，就又折了一枝篱笆上的竹子去捞那莲蓬到身边来。很小心，不让声音扩大，然竹枝打在水上的声音却给一个人发现了，正当我用手把莲蓬抓着在扭那梗子时，忽然从那大花台子背后跃出一个人来。

“哈，是贼！”

这声音，一听就明白是那个女孩了。我给人这一声呼喝，非常羞愧，连忙放开手中的莲蓬，让它回复它的原来地位了。

我只好站起来腼腼腆腆对她笑。

“同谁来？”

“同母亲。”

“见我的妈了不？”

“不，我没到上房去，只在此等我母亲。”

“你是不是要这莲蓬？”

“恐怕吃是吃不得，我想摘回家去玩也好。”

问到说，想不想要这莲蓬？我真不好意思！不想，却费神来摘么？见到摘又还来问我想不想，这小女孩也就够天真了。她听到我说想摘一个玩玩，就忙跑到那角门上，不到一会儿，就拿来一把长长的钩子，又拿了一个小鱼捞兜来了。

她把捞兜交给我，却用钩子很熟练的去找寻那老一点的莲蓬。

“我告你，你刚才那个太嫩了，要选这样子的才有子。”这样的一下，钩子就把那莲蓬钩着了，“来！快用你捞兜接到它！”

莲蓬是得了。先说是拿回去玩，当然就不好意思剥来吃了。其实我倒非常愿意得一个莲蓬吃吃，拿回去也只是给六弟抢的。

“请你来这边，”说着就对我作一个白眼。这白眼作的俏皮，是曾给过母亲她们笑过，说是“怪伤心了”的。[1] 我于是让这白眼引到花园偏南一个地方来了。

原来是看她的小金鱼。鱼用小缸子装着，共五缸。这鱼还不到一年，颜色还是黑的，但看这形象是顶好的种，我欢喜极了。她又指点那一缸为她所有，那一缸为她小妹妹所有，那一缸归她堂兄。

“好不好，你瞧？”

---

[1] 怪伤心：指女子娇嗔过份或打扮过份。不是指难过。

我是顶懂金鱼的，且极爱金鱼，见到这个就不忍离开缸子。问到我哪一缸好看，当然我是凭了拍马屁的本能说是她的那一缸极好。听到我的一句话，却把这女孩子乐疯了。

她说她曾同堂兄打过赌，请人告她究竟是谁的鱼好，别个又不很懂金鱼，就以为堂兄的鱼大就好。实则好的鱼并不在大。末了对我的内行，又免不了称赞，我是也顶痛快的。

“我们明天要下辰州了，这一去才有趣！”说到这个，她似乎就想起辰州来了。

“是下辰州吗？”

“是的。应当坐三四天的船，在船上玩三四天，才能拢岸。”

我忽然想起母亲同我说的话来了。母亲说为我找事情做，不是要我也跟到走吗？我就告她——

“莲姑，我恐怕也要去！”

“谁同你去？”

“我也不明白。大哥在长沙，或者去长沙。”

“那是太远了。我听请饷的人说去长沙当过洞庭湖，湖里四面全望不见岸，可怕人。”

我们暂时就不说话又来看金鱼，看了这缸又那缸。天气热，虽然在白天，缸上全盖得厚厚的几层帘子，缸中的水也不很好，鱼是近于呆板了。我自己觉得我家中的鱼缸的水就比这个好得多。

我说：“莲姑，我家今年鱼也有几匹顶难得的！”

“可惜明天走，就见不到了。——我问你，你怎么知道你也要动身？”

“听到我母亲说为我找事做。”

“哎呀，那在一起才好！你若同到我爹一块动身，你到了辰州，我就可以引你去许多地方玩。那地方河边的船多到数不清，到河边去看船，那些拉纤的，摇橹的，全会唱歌！”她想起唱歌，就装成摇橹人一样，把手上那个竹钩子摇着荡着，且唱起来了。

我觉得这个也倒好听。但是我即刻惆怅起来了。从她这歌上，我似乎已经到了辰州河边，再不是在家中的情形了。我且明白若是真要走，则当然同大哥下省读书一样，就是一个人那么走的。我的蛐蛐，我的朋友，还有我的许多东西都将离开我了。我即刻怀着小小的乡愁了。然而我见到莲姑却又似乎对于下行非常高兴。听到她那唱摇橹人的歌就可明白她对于那些事情是如何熟习，我问她到辰州是不是可以随便玩的。

“好玩多了。那是大地方！”

“可不可以洗澡？”

“你们男人就只讲究洗澡。”她就用手指头在那嫩脸上刮着羞我。

我不怕。我是没有害羞的。我心中那时所佩服的只是蒋平、石铸一类人物，这个哪里是她们姑娘家所了解的。

若不是洗十年二十年的澡，那个碧眼金蝉就不会有如此能耐。我把那个蛤蟆口的英雄为我自己的榜样，还在心中老以为到将来也总会有一天如他成名！

莲姑这个人，说话一天就不知道厌，见到我们的话停下来了，就又问我的大姐近来怎么。我说大姐只每天逼到我写字。

“我的妈还不是勒到要我写字！我真不高兴。”

“但是我听我的大姐说你字很好！”

“才好！我气来了一天用一枝新笔，随便画。气我的妈。”

我是知道莲姑平素极娇的。她娘就怕她，爹也是怕她，只听说她服奶妈管。听她说写字把笔乱涂，就问她，奶妈是不是要骂她。她说不。奶妈已到龙山去了。龙山出好大头菜，于是我又问她得不得过好味道的大头菜吃。

“你莫忙，让我去就来。”这个粉红衫子的女孩，便象一朵大荷花，消失到绿的荷叶中了。望到这背影，我就隐隐约约在我身上煽动一种欲望来，只觉得同这女孩子在一块是极舒畅的事。且我平素在学校时是以唱高音歌出名的，到她面前我就知道唱歌我是无分了。我比她年纪稍大，可是比她矮，这高一点的女子的淡淡的恋着的印象保留，乃形成了我成年以后对长大女子的倾心理由。把那发，四垂到眉下，白白的耳朵垂着那珠耳环，眼又是两粒宝石样晃着青光，这个记忆在心上是深的。

去了不久她又来了，使我好笑的，是她拿了两个黑色龙山大头菜来，给我尝，因为我问她吃不吃过味道好的大头菜，为证明她家并不缺少这个，就取了些来了。

我们就一同并排坐在鱼缸边石条子吃那大头菜，且数点天上那鹰的数目。

天的四垂是有暮色了。

一个声音从那绿色角门传来，是走着的人叫的。

“莲！莲！沈四少爷在园里吗？”是丫头声音。

这一边，莲姑却无事样子，懒声懒气说：“在的。”

“叫他来！”

我忙把还不曾吃完的大头菜丢到一边，走到角门进去，她是随到我身后来的。

见到了莲姑的爹妈，忙行礼，房子中已点灯了，这灯是在城中少有的白光灯，为这灯光耀得我眼花。

坐在一只矮木凳上的莲姑的爹，见了我就笑。

“嗨，一年不见了呀！我见到你是在文庙折桂花，不知同谁个小孩子在树上打架，是不是？”

我脸红，我记起那一次见莲姑的爹的情形，脸无从禁止它不红了。

莲姑的妈却让我坐。莲姑也就进来了，站到她妈身边轻轻的说：

“娘，他是不是同我们一起下辰州？”

“……”只见到她娘在她耳朵边不知说了些什么话，莲姑就不再作声了。

坐下了，我见到母亲想要同我说什么话又不说。

那团长，莲姑的爹爹，口上含了一根极粗的烟，过了一阵才说：

“你妈说你同我明天下辰州，好不好？”

“好。”我轻轻答应。

莲姑在一旁就高兴得跳，“好呀，一块呀，娘，娘，他还才问到我辰州好不好玩呢，娘你说，辰州不是比这城里强多了吗？”

莲姑的妈却用眼睛瞪。

我的母亲说话了。她告我是如何与表叔这边商量，明天就随到他们动身，又同莲姑的爹说：

“是吧，只要这孩子听表叔的话，我也放心了。他爹既是这样不理，放到家里又镇天同坏孩子在一起，我想书就再读两年也无用处，倒不如这样……”

“那倒不要紧。”莲姑的爹又回头同我打趣，“军队里头可不能随便玩了！哈哈，我知道你必定舍不得北门河的长潭，这一去可不能每天洗澡了。你的水性我还不明白，若是泅得过长潭来去五次，到辰州，我要萧副官就带你去大河里泅水。”

“每天洗，做梦也只喊‘泅过来’！”母亲说到这里就笑了。

莲姑的妈也大笑，说是小孩多是这样。莲姑则只记到母亲说的话，只学到我的声气喊“泅过来”、“泅过来”，使我害臊到了不得。

“你告我，到底泅得几次？”

又不好意思不告给这个胡子，我只得含笑的说：“三次是泅得过。”

“那好极了！我作小孩子时候也才泅过三次！”

“爹，你也能泅吗？我不信。”莲姑的怀疑我就同意。我也实在不敢相信这个瘦个儿胡子能有气力泅三次来回。可是他却说洞庭湖也洗过澡！

“我不信，我不信，爹爹吹牛皮！”

“什么牛皮，爹爹是马玉龙，比石铸还本事好！”

说得全房子人都笑了。我听他说才知道“铸”字不应当念为“涛”字，这个上司在作我上司以前，倒先作我一次先生了。

坐一阵，把动身的话说妥，天已断黑多久了。到回家，莲姑的妈一定要她家弁兵打灯送我们，在喊叫弁兵时节，莲姑却悄悄的把那个放在房门边的莲蓬给我，我就拿着这个莲蓬跟着母亲返家了。

见到母亲给我清理着出门东西，就在她身边痴痴的弄着那莲蓬。九妹见到我今天是特别不同，也听大姐劝告，不再来同我争这莲蓬了。我记起了我的蛐蛐，就又到书房去看它，蛐蛐还是好好的在茶碗里，只用草一逗，就掉过头来，张开牙齿，咀咀的叫着。我见到这个样子，下决心要带它出门了，就又拿灯到厨房去找得一个小竹筒，预备明早一起来就装它到竹筒里去。

回到母亲房中去，则见到母亲正在那儿哭，大姐却在为我打包袱，眼睛中也似乎是有泪。九妹一声不作傍着母亲，见我进房就用小手摇摆，我还不明白是什么意思。

“四弟，你还舍不得你那蛐蛐吗？”

听到大姐的话我羞愧得哭了。我才明白我离开母亲去看望那蛐蛐时母亲伤心起来了。我立时且想起这一去的一切难过，我只觉得我的过错都是不应当，我即刻就走转到书房去把那蛐蛐捉到手中抛到瓦上去。回头时，就告给大姐说已经放了。

母亲对我望着，大的泪只从眶中涌。我生平只见到母亲哭过两次，一次是二姐死，哭得昏死两回，这一次则是为我出门流泪。大哥出门母亲还是笑笑的，因为大哥是大人，不必担心了，我则不过比一个茶几稍高。且我的身体又是这样的小，平常简直还不敢一个人睡一个床，若非外祖母作伴就不能睡觉。如今却就要一个人去当兵，怎么能够使这个良善的老人放心？我的行为又是这样坏，在家中，虽然管教打呀骂呀总还是自己的人，如今则把他交付给别个人，错事又是免不了，那么给人打呀骂呀又定是作母亲的所堪设想的事？就是明明知道在一起的也总不外乎城中几个熟人，不过离家既已是这么远的路程，倘若有一点小病小疼，谁又能象家中人来照料？

母亲的心是碎到我这次动身的上面了。母亲为儿子打算的事，也总不是忍心说给我受苦。在家庭方面，既已到了把老屋字契到处借钱度日的情形，在我又还是如此胡作胡为，即或把我送进中学又有什么益处？不过见到我就是这么离开了家中一切的人，为我到外面以后生活着想，却伤心到极点了。

那么一个小小的人儿，也得为命运卷到生活旋涡里来，尝味那生活的苦辣，在我自己倒正因为小却一点不知道！如今却只给我痛哭到这回忆上。有人从大族中把家从中落到破产么？有人在小孩子时正当着这个顶坏的命运么？从这个来的，他都能体会到那种情形。我的家，在我出世那一年，是还正给爹爹大抖特抖，让一个姓庞的抚台到家为我取名的，谁知这个名字却在他十四年后给人作副兵喊叫用！在口北的爹爹，也许还正在儿子身上做着那好梦，谁知儿子却应在十五岁以前来把时间消磨在供人使唤的工作中？

我当时，虽然不明白这一离开家中是怎样为难，在我前面等候我的又是一些什么，然而见到母亲的伤心，我也再不能忍我的眼泪了。我只明白母亲的泪是为我流的。母亲在儿子离开家中时，所有的爱是再不能用到眼泪的以外事物上了。在我弟兄姐妹中，我永远是给母亲难过。我的病体，我的行为上错误，以及我的好象对家中也特别爱的厉害，一直买得了母亲的眼泪十一年。离开母亲十一年，我从我自己的行为上看，就知道母亲没有一天不是用眼泪洗面。生活既是这样难，我又是这般无用，一时要同母亲在一起又总不容易，我不明白在我同母亲的命运中，还应给母亲以多久流泪！娘，我想起你，我要努力活下来了。这世界上还有你这样一个人，我就应当活到这世界上了。我不要一切，只愿意将一切所得贡献到你面前。我好好的作人，我找钱，我找名誉，都只是想把这些来给娘赔偿那因爱儿子而流得太多的珍贵眼泪！但愿能够从这些事上赎我所有的罪过万分之一，我就死得了。作儿子的即或永远是穷困下去，让娘长此随到亲戚飘荡，但娘你所给我的爱，我却已经把它扩大到爱人类上面去了。我能从你这不需要报酬的慈爱中认识了人生是怎样可怜可悯，我已经学到母亲的方法来爱世界了。

我是终于就把母亲同姐用眼泪洒在上面那小小包袱背起，来到世界上，混入人群中，参加人类的活动，为扮演这时代人类的百年悲剧的角色一员了。

以后为生活的变动，把我揪过来，抓过去，无抵抗的就到了今天。

当时我见到大姐为我把包袱裹好，就想睡。洗了一整天的澡的我，一到夜来不拘什么重大事情我仍然需要的是睡！我哭也哭倦了。我在母亲未让我上床以前，已经就在母亲膝边从哭泣中把眼睛闭上了。

听到大姐喊我，又听到母亲叹气。

“让他去睡好了。这是只有这一次在家中放肆，回头就要随到军营中喇叭作一切事的人！”母亲似乎见到我这情形还作着苦笑。

为了预备明天的早起，这次是同大姐在一床睡。到上床，又似乎心中有事不能即睡，就听到母亲同大姐讨论我的事情，到后我且听我那只大蛐蛐在瓦上得了露水的叫声，那已经是在梦中，大姐什么时候睡，母亲又在什么时候睡，我全不知道。

醒来，竟是为大姐摇醒的。

我还以为是当夜，第一次明白的是，的的确确那蛐蛐用极大的声音正在叫。

“天亮了吗？”

“不，你起来的了。你是就要动身的人！”

我记起我是即刻要离开这个地方的人，心上便忽然加上一件莫名其妙的东西。这东西坠在心上发沉，在床却啜泣了，从此以后要自己擦这眼泪了，从此以后要自己穿衣服了，还有从此要……

"大姐，我不想去了！"

"我们也并不想要你去，但是你应当知道娘的苦处……"

起身了，第一件事是见到这陪我出门的包袱。包袱是大得可笑。

我也不明白我的包袱里究竟是些什么东西，只是我嫌这包袱重了点，因为要自己背就不很愿如此重。

"大姐，"我同这个代理母亲一样的姐姐商量，我说，"似乎太大了。"

"不。这个时候就快要冷起来了，你在冷天怎么不要棉衣？"

"我背不起，那又怎么办？"

"试一试，试一试。"

我于是就来试背这个包袱。包袱比我的腰大两倍，放在背后就如奶娘背小孩。我自己好笑这个奇怪的东西，我说，"我不要！"

"这不能说不要！你不是做客，是出门！"

"那么，今年不回家来过中秋节了吗？"

"你可以转家过年，到过年时莲姑的妈总要回家的，你就跟到她转来。”大姐一面安慰我，一面为把包袱中一件缎子马褂取出，说：“这个不要倒可以。”

在把包袱重新打好时，天已经快见亮了。母亲问大姐是不是已经天亮，大姐却要母亲莫忙到起床。其实母亲似乎就整夜不曾合眼。

起了床的只是我同到大姐，还是大姐去喊张嫂起身烧水，到水烧好洗过脸以后，母亲同外祖母全起来了。

外祖母却扯我到另一个地方去，幽幽的同我说：“乖，要走了，我不知还能见到你不？且去你娘面前磕两个头，你是太麻烦到她了。你这次出门，她的心也是在你身上！”往日外祖母从不说这些话，这时把我感动得太厉害了，我就扯着老人的围腰擦我的眼泪。

我照到她说的话，到坐在一张琴凳上为我搓那草鞋上的耳子的母亲身边去，我只能说“妈”，就哭倒在她脚边。

母亲却是强忍悲痛，哽哽咽咽的，说：

“这时是到别人处去当兵，再不要象在家中淘气了。到家中挨顿打不什么要紧，到外面去淘气闯了祸，犯了军纪，那就非常丢家中的丑。你应当记到从前莲姑的爹是帮你爹当过差的人，这时你却去侍候莲姑，再不要以为是在家中的情形了。你好好的去作一个正派人，则我们也就非常放心！这一去，又并不是要你升官发财，只是你若不是这样改变一下生活，你到家中也只有一天一天变坏。你也不要抱怨我，说我不送你读书，你是永远与学问不会发生感情的人了。你好好的去自己在你命运上作人。家中这一栋房子至少也总还可够支持五年。你能在五年六年后有机会能救济到我同你九妹，那自然是好。若你仍然这样脾气，我也只好看你大哥同你爹去了。……”

“娘，我全记得到。”是的，我真一世也不会忘记母亲这话！母亲把我看透了。母亲知道我处比我自己知道的就还要多。我对母亲给我的一切只有感激。母亲给了我的新生机会，我对这第一段到世界上的机会就非常感谢母亲！

我跪在母亲面前，让这个好人来教训我，我把一个字一个字安置到心上，我告她我是决不会忘记。我综计我在这个好人身边十四年，只有过这一次是规规矩矩听过她的训戒。我只有这一次觉得我应当要遵守人家的话作人。就是这一次，以后这好人的脸，每一次为我想起，我眼睛就要红！我真能听娘这话，我真能在以后凡事遵守娘这话作人，也少要母亲在以后的岁月中为我缘故流许多泪了。我并不缺少那向善的心，这是母亲明白的。我同时有那容易给一切诱惑摇动我心的短处，母亲对这个也很知道。前者使母亲永远相信我是好人，后则因这好人偏免不了作坏事，就更给我母亲无数伤心呕气机会了。

动身时，落细雨了。雨是天未亮以前落的。初以为或到天亮以后会止，谁知仍然落。听到街头已有人喊卖油粑粑，再不得不动身走了。

家中所有的人把我送到大门外，各人全是眼睛湿湿的。我是穿着那身在技术团学军事操缝就的灰宁绸军服，把那大包袱压到脊梁上，眼泪巴渣走到莲姑家的。

“来了，好极了！”一个副官姓周的，是我所认识的人，见了我就笑着说。

我为我的样子非常害羞。我又见到好几个马弁，全是比我稍大的人，然而人家穿得却是黄色制服，且领章肩章全不缺少。我看看我自己，衣服虽然是绸子作成，但不合式的样子，总象是一个可笑的乡下人。并且这些年青差弁马弁，那样子全是又大方又标致好看，在往天，见了面时不理我，倒并不以为怎么难过，如今我却先给那周副官为我介绍给这一辈年青人，且说我是个少爷，别人又尊敬又和气的来同我说话，我真不好意思起来了。在每一个人的眼中，就都可以察出他对我是有点可怜的神气，就为这个缘故，我的心就酸到非流泪不可。我又不敢在这些人面前来哭，这个我还记到大姐说的话，“不能在生人前面流泪”，且当到我面前的几个人又全是那么欢欢喜喜的样子，结果我只好又走到那花园里去了。

又到那个荷池边旁。头上飞着毛毛雨，我却不顾它，就站在那池子边恣肆的流泪！我觉得我此后到这世界上是孤独的一个人了。我觉得我的未来已堕入到那做梦的一种情境里了。我觉得这在我面前扩张无垠的陌生生活太可怕了。我觉得我忽然太小，一个人单独生活应付不了这许多生疏事情。

我不知道我应当怎么办。为未来的、眼前已来的新生活所恐吓，我流泪的意味是同怕鬼一样流的！又象是在往天做梦哭喊一样，可是那种哭喊以后即时就醒了，如今在什么时候是我醒转来取得我在小学校每天同人打闹的自由时候?

想起蛐蛐，想起河里的一切，想起看戏，想起到米厂上去掷六颗骰子，又想起同几个打架的同学的事情，以后是全不能得了。

然而小孩子，所谓悲哀，究竟是容易找到寄托这悲哀的事。我想起这里的金鱼，就走到那养鱼的缸子边前去。今天的鱼活泼多了，全浮在水面换气。我来细细的数那每一缸子里鱼的尾数，从第一缸数去到第五缸。在第四缸上，可是总不能得到一个确实数目。忽然在我背后有一个人咕咕的一笑。我吓得忙把头掉转去看望，便是这缸鱼的主人莲姑!

“嗨，怎么这个神气！”

我就即时又把刚才忘去的羞愧找回来了。我背上还正压着那个大包袱，我不好意思说话，就说这包袱是我大姐勉强要我带的。

“难道你自己能背？”

“是吧，当然要自己！”

“我告你，路是并不近，有一天的路走，才能走到有船那个地方！”

“我想我走得起的。”

“我看你必定走不起。我是同我兰妹坐一顶轿子的。”

“下蛮[1]总走得起吧。”自己这话对啊，下蛮做得去，我以后凡事都因为我勉强做过去了。我随即问她怎么知道我来，才明白她一起床就问周副官我来了不曾，问头一次还说不见我，到后又问到，才知我已经来了，来了各处又不见，所以猜到是必定在这个地方了。

我记起妈所告我的话，说我以后便应给莲姑当差，在母亲说时好象非常痛心，我却以为就是给这个女孩不拘作什么事也是很好的。我又来看莲姑的脸，象是看来顶受用，也不明白是什么受用。我想起观音菩萨的莲姑，我就笑笑的说：

“莲姑，我记起你去年作观音游街！”

“再不作那个了，他们都笑我。还有人说——”似乎又想起一件事情，就不再说了。但稍稍默了一会，就用着她那天真的腻腻的腔调问我：“四哥，你名字是不是沈岳焕？”

---

[1] 下蛮：尽最大的潜力。凤凰土语。

“是呀。”

“昨晚上妈告我，以后不能再喊你作四哥了。我应当喊你名字。我爹也说这才是规矩，我不知道是什么规矩。”

“我妈也告我，说以后我是应当侍候你，帮你装烟倒茶的！”

“别说这个！”又是那个俏皮的白眼，“谁要你装烟倒茶。我不吃烟看你怎么装法！”为这个话我们都好笑，但我看得出，在这时候我们已经就不同昨天摘莲蓬的我们了。莲姑总还听到了她父母告的多少话，只是不好同我说罢了。然而在这很天真的胸中仍然藏不下，随即她就又告我说，她妈曾告她，以后不要再同我在一起随便说话；且告我，她爹爹说，我应称她为小姐。

“四哥，我是不信他们的话的。”为申明她仍然可以在无人时喊我作四哥，就又来给我一点证据。当然是不很相信爹妈的话，才把这话又来同我说！但以后事实给我们的教训只是使我守我作小兵的分，小姐也只好守她小姐的分了。

这一次，算是一次很可纪念的一次事情吧。我们却还能平等在一块，虽然我已经穿上了当差的衣服，而她仍然是作着那娇媚入骨的白眼，逼我信她的话是全无歹心。且见到我样子很难走六十里路，又说为我向她爹要了一匹小白骡子给我骑坐。

关于骡子，我拒绝了，我说这个恐怕不好。

“好的，你不见我家那白骡子吗？我就去问问。”

莲姑就走了。不到一会儿，一个马弁喊我去看骡。我只好跟到这个人去。

“大小姐说为你找一匹骡子，是不是？”这个人提到大小姐给我找坐骑就有点不舒服意思。

“是的。”我看得出他这人的意思，却硬硬的答应正是。

我们就到了马房。他指点给我那一匹白骡子看。

“试牵它一下吧。”

我就如他所说去扯这骡子的笼头。

这骡子的鞍是小小的洋式鞍子，是红色牛皮钉有黄铜圆泡，骡子又是那么驯善，真给了我极大的欢喜！

因了这匹骡子我就把一切眼前的未来的忧愁全忘了。

一九二八年初作

船上岸上

写在《船上岸上》的前面

十二月九日，是叔远南归四年的一个纪念日。

同叔远北来，是四年又四个月。叔远南归是四年。南归以后的叔远，死于故乡又是二十个月了。

在北京，我们是一同住在一个小会馆，差不多有两个半月都是分吃七个烧饼当每日早餐。天气寒冷，无法燃炉子，每日进了我们体面的早餐后，又一同到宣内大街那京师图书分馆看书。遇到闭馆，则两人就藏在被里念我们的《史记》。在这样情形下，他是终于忍受不来这磨难，回家了。我因无家可回，不得不在北京呆下来。

谁知无家可归者，倒并不饿死；回家的他，却真回到他的“老家”去了。生来就多灾多难的我，居然还来吊叔远，真是意料不到的事!

今天写这点东西，是我想从过去的小事上，追想我们的友谊，好让我心来痛哭一次。以前我能劝别人莫从失望到绝望，如今我是懂得自勉自劝了。

船停了后

船停了。

停到十八湾。十八湾是辰河中游长长的一条平潭。说十八湾地名应作“失马湾”者，那当去志书上找证据。从地形上看，比从故事上看方便了许多。所以人人都说这是十八湾。潭长七里，湾拐本极多，但要说十八的数是顶确实，那也并不一定。不说十二、十五，说十八,一面言其多，一面谐“失马”的音，不算极无意义了。

船到十八湾多停停，因为是辰河船舶往来一个极方便停船的所在。下行停到此地，则明天可以在晚饭左右抵浦市泸溪。上行则从辰溪县上游潭湾地方开船，此为第一天顶合式的停船码头。

我们船是下行的。

船停在码头边成一队，正如一队兵。大船排极右，其他船只依次来。这是说我们所有下行船一帮。虽然这只是一帮，船就有四十只，各把船头傍了岸，一个石头堆成的码头早挤满不能再容别的船舶了。别的船，原有别的帮，也就有别的码头让它们泊岸，两不相关。

停了船，不上岸不成的。

坐船久了的人，一爬上岸，总觉得地是在脚下晃动。无形中把在船上憩着为水荡摇成为新习惯，一上岸，就反而觉岸在动了。实则动的是自己身子。但是谁能不疑心是地动呢。

上了岸原也无事可作，大多数人都坐在岸边石墩子上看到一帮船。船的头尾全已站了人，相互欣赏。凡是日间在篷里呆睡呆坐的，这时全出到舱面来了。各个船上都全在煮饭，在船头，在船尾，无一个不腾起白的烟气。一些煮好了饭的，锅中就炒菜，有油落在锅里炸爆的声音，有切菜的声音。有些用鼎罐煮饭，米已熟，把罐提起将米汤倾倒到河中去。又有人蹲在船篷上唱戏。

坐在岸边慢慢的看看天夜了。

“远，我们怎么样？”我意思想上船了。

他说饭还不曾熟，随到他们到上面街上买一点东西，看有什么买什么。我们就上了街。

天呵，这是什么街！一共不到二十家铺子，听人说这算南街。再过去，转一个拐直入山上去，有一个小石堡子门，进堡子门零零落落一些人家，比次而成一直行，算东街。

“看不出，铺子小，生意倒不错咧。”远说着就笑，我也笑。“比你乡下那小砦子还小得多，还是打道回衙吧。”

从麻阳下行的船，到高村可以将一切应用东西完全准备好，如象猪肉呀，猪油呀，盐同辣子呀，高村全可买。从辰州上行的船，一切东西也办得整齐丰富，在路上要买就还有的是机会买活鱼和小菜。那么这里生意应当萧条了。

猪肉一类东西这地方销路实际上似乎真不怎样好，看看屠案上，所有的猪肉，就全象从别个乡村赶场趸来的东西！牛肉有是有，是更来得路程远一点，颜色变紫了，一望而知是水牛肉。

但这地方另有生意真可以搭股分呢。凡是码头顶好的生意，并不是屠户。只要是这地方有船停泊，卖小吃东西的总不会亏本。从五十、六十里路大市口上趸来的半陈点心，一到这地方来，成了奇货可居了。鸡蛋糕，雪枣，寸金糖，芝麻薄饼，以至于能够扯得多长的牛皮糖，全都有，全易出卖。还有南瓜子、花生，从搭客到船上火头师傅，对于这类东西都会感到极浓厚趣味。小孩子则还要更贪嘴。大家争着买，抢着拿，因此一来价钱更可以高升一些。

还有卖纸烟，卖大烟的哩，全是门前堆了不少的人，象是做水陆道场大施食光景，热闹得很。

我们到一个卖梨子花生的摊子边买梨。

问那老妇人："怎么卖？"

"四十钱一堆。"说了又在我同叔远身上各加以眼睛的估价。

一堆梨有十来个，只去铜元四枚，未免太贱，就一共买了四堆。

“不，先生，这一共买就只要百二十钱。”

“怎么？”

“应当少要点。”

望到那诚实忧愁憔悴的面貌，我想起这老妇人有些地方象我的伯妈。伯妈也有这样一个瘦脸，只不知这妇人有不有伯妈那一副好心肠。

“那我们多把你这点钱也不要紧。”我就一面用草席包梨，一面望那妇人的脸。

远也在望她。

妇人是全象我伯妈了。她说既然多给钱也应多添几个梨子。

一种诚朴的言语，出于这样一种乡下妇人口中，使我就无端发愁。为什么乡下同城里凡事都得两样？为什么这妇人不想多得几个钱？城里所谓慈善人者，自己待遇与待人是——？城里的善人，有偷偷卖米照给外国人赚点钱，又有把救济穷民的棉衣卖钱作自己私有家业的。这人也为世所尊敬，脸上有道德光辉所照，因此多福多寿。我就熟习不少这种城里人。乡下人则多么笨拙。这诚实，这城中人所不屑要的东西，为什么独留在一个乡下穷妇人心中盘据？良心这东西，也可以说是一种贫穷的元素，城市中所谓“道德家”其人者，均相率引避，不欲真有一时一事纠缠上身，即小有所自损，亦必大张其词，使通国皆知他在行善事。以我看，不是这妇人太傻，便是城市中人太聪明能干！

远似乎也为这妇人感触着一种心思，望到这妇人又把筐中的梨检出到簸箕里，大小平均兼扯的摆成一堆，摆好后，要我们抓取，不愿抓，就轻轻嘘了一口气。末后还是趁我们不备，把一堆梨放到我们席包里了。

我们把梨包好，走开了。

我在路上问远：“你瞧这妇人，那种诚实坦白的样子，真使人想起生无限感慨——你怎么？我见你也望她！”

“这人实在太蠢了。城里人可不这样。”

远的话的幽默使我作一度苦笑。

我们一旁走，一旁从席包中掏出梨来啮，行为象一个船夫。也只有水手才吃这梨！梨子味酸得极浓，却正是我们所嗜，若非知道吃饭有鳜鱼，我们每人会非吃十个才知道止住。

到了岸边

到岸边。

天是渐夜了。日头沉到对河山下去，不见日头本体后，天空就剩一些朱红色的霞。这些霞还时时在变，从黄到红，又从红到紫，不到一会儿已成了深紫，真是快夜了。

我们依然坐在那码头石墩子上，我们的船离我们不到五丈，船上煎鱼的油味，顺着微风飘来时就可以闻到。

在空中，有一些黑点，象摆得极匀，在那灰云作背景的天空匆匆移向对岸远汀去。我猜那是雁，远却猜是乌。然而全猜错了。直到渐渐小去才听到叫出轲格轲格声音来，原来这是直嘴渔鹭鸶！弯嘴渔鹭鸶值钱，这些便是那些打鱼人用不着的直嘴鹭鸶。算作野鸟了。自由自在的到生来，习惯远远去在高苇子岸边过夜。

望到鹭鸶，我想起远家中的那只大白鹤，就问远，是不是还欠挂那只鸟。

“怎么不？还有狗，还有那火枪，都会很寂寞。”狗是为远追逐田兔的，枪是不知打过多少山鸡的，所以远说到时就当真俨然见着他家那只黑狗卧在门前顶无聊似的等待主人回来！

“我也念它呢，”我说，“我念它第一次咬我吓了我，第二次同我亲热时扑上身来又吓了我！我就是一个招架不住。和我要好有个分寸，就对了。”

我们全笑了。

当真这时家中的狗也许极无聊，因为正是吃夜饭时节，人既离了家，则狗同谁到夜饭桌边去闹？若远的侄子在家，还可以来一同抢掉在地下的鸡头。若家中尽剩他母亲一人，那就有苦受了！因此我又想起那黑狗吓了我后为远的母亲用杖挞它时伏于地面不动的情形。是，这是一匹狗，还有比狗更可恋的许多许多东西！人一离开有谁再去仓上看我们的钓竿？此后碾坝上的鱼，谁去钓？鱼不也会寂寞么？

简直不堪设想！就是远的母亲，那笑脸，那一副慈祥心肠，把儿子一走，那老人的笑脸同这好心肠，给谁受用？

不想吧，也不成。于是我们谈着一切顶有趣的故事，从远的母亲到远家长年的一只草鞋，因这只草鞋曾为远拿起打着一只斑鸠，远一切近于偶然凑趣，可是也够巧了。

谈也谈不完。

到船上煎鱼姜辣香味为我闻及时，对河的岸同水面，已全为一种白色薄薄烟雾笼罩，天上是一片青色，有月亮可以看得出了。

我们上船把饭吃，吃鳜鱼，还各用上一杯酒。船上规矩有鱼不吃酒不行，所以照规矩两人勉强吃下。

吃了饭以后，又上岸。天上月更明亮了。在月下，有傍了各帮的船尾划着小划子的人曼声叫卖猪蹄子粉条声音，这声音，只象他是为唱歌而唱歌，竟不象是真在那里招引主顾。桨的拍水声，也象是专为这歌声搭拍而起。

在水上远处，又可听到摇橹的歌声，声极清，又极远。一切可说非常美。

有船从上游下驶，赶到这地方停泊，便是这奇怪歌声来源了。虽有月，初七初八的月光非常淡，所以总先听到歌声从水面飞来，不见船，不见人。到认清来船形体时节。这时歌声已快止，变了调，更急迫了。不久就听到船上人语嘈杂。

一切光景过分的幽美，会使人反而从这光景中忧愁。我如此，远也正如此。我们不能不去听那类乎魔笛的歌，我们也不能不有点儿念到渐渐远去的乡下所有各样的亲爱熟习东西。这样歌，就是载着我们年青人离开家乡向另一个世界找寻知识希望的送别歌！歌声渐渐不同，也象我们船下行一样，是告我们离家乡越远。我们再不能在一个地方听长久不变的歌声。第二次也不能了！

两人默默的呆着，没有可说的。

这时别的船上也有不少人在岸上坐。且有唱戏的，一面拉琴一面唱，声作麻阳腔。

远轻轻的说：“从文，你听，这是《文公走薛》！麻阳人最长的是摇橹唱歌打号子，一到唱戏，简直象一只受伤的猪在嘶声大叫了。”

琴既是嗡嗡拉着，且有一个掌艄模样的人为拍板，一时是决不会止住。我想起要看看那卖梨子的妇人这时是不是还在作生意，就说我们可以再到街上去玩玩。我们就第二次上了街。

月光下的街上美多了。

一切全变样，日里人家少，屋显陋小，此时则灯光疏疏落落正好看。街道为月光映着，也极其好看。

屠户已关了门，只从门罅露出点黄色灯光，只听到里面数钱声音，若不是那张大案桌放在门外，我们就会疑心这是大的钱铺了。看来他们生意仍然不坏，并不如我们先时所想。

其他的人家，已有上过铺板的，却知道是门里仍然有人做生意。其他不曾关门的，生意却依然是忙乱着，一盏高脚丹凤朝阳煤油灯，在那灯光下各样坛子微微返着光，还有那在灯光下摇去摇来扁长头颅的影子，都有一种新鲜趣味。我们就直向那有灯光处走去，每一个灯下全看看是卖什么样东西。全没有买却全都看到，十多个摊子全看过了。

到卖梨子妇人小摊旁，见这老妇人正坐在一小板凳上搓一根麻绳，腰躬着，因为腰躬着，那梨子簸里那桐油灯便照着她的头发，象一个鸟窠。

听到我们走近摊子旁，妇人才抬起头来。大约以为我们是来买梨，就说梨是好吃的，可以试试。

“我们买得许多了。”

“哦，是才来买的，我真瞎眼了！”妇人知道我们不是要梨子，原是上街玩，就起身搬了两个小竹凳子让我们坐。

当然是不坐。

本来是预备来同这妇人说说话的我，且想送她一点钱，到此又象这想头近于幼稚，且看看这妇人生活，听她谈及还很过得去，钱不便送她，我们随即又转身到河边码头去。

上船来，同远睡在一块儿，谈到这妇人，远想起他妈，拥着薄被哭。哭，瞒不了我，为我知道了，我只能装成大人，笑他“不济事”。出门不到三百里就想家，这一去还有三千里，怎么办？一会儿，都睡着了。再过四天，我们船帮才到辰州府。

一九二七年十二月北京

我的教育

一

这是我住在一个地名槐化的小镇上的回想。我住在一个祠堂戏台的左厢楼上，一共是七十个人。

墙上全是膏药，就知道这地方也驻过军队。军队与膏药有分不开的理由，这不是普通人所明白的。我们的队伍里，是有很多朋友也仿佛非常爱在背上腿上贴一张膏药，到另一时又把这膏药贴到墙壁上的。他们——尤其是有年纪一点的火夫，常常挨打，或搬重东西跌磕了脚，闪扭了腰，所以膏药在他们更是少不了的东西了。

我们每两人共一床棉被，垫的是草，上面有盖的，下面有垫的，不湿不冷，有吃有喝，到这里来自然是很舒服的生活了，大家都觉得很满意，因为一切东西是团上供给的，铺板是新的，草是干净的，棉被是从人家乡下人自己床上取来的。

排长早晚各训话三次，他是早把这个体面的训话背熟了多日，当到司令检阅时也不至于出笑话的。排长训话有三点，说是应当记清：一，不许到外面调戏别人妇女。二，不许随便拿人东西。三，不许打架闹事。我早就把这个记熟了。至于他们，我不敢说，我是明白有些人的嗜好的。

二

整理了一天的住处，用稻草熏，楼上的霉气居然没有了。

今天有人在墙罅里检得三块钱，用红纸包好，不知谁人所放，得了钱不报告上去，被知道了，缴了钱，还按捺到阶前打了三十板。这人很该打，得了横财他就想隐瞒。排长说，这钱应当大家公分，是天所赐。钱少，不便分摊，所以晚上买了猪肉大家吃。被打的那人他抖气躺到上床上不吃，很好笑，你不吃，也仍然是挨打了。照理他应当抖气吃得比别人更多。

军人讲服从，不服从就打，这就是我们生活的精义。

有许多人是因为聪明，不容易惹排长生气的。其实那有什么奇怪，常常同排长喝点酒，排长还好意思打人骂人吗?

因为熏房有恶气味，就邀人出到街上去看看。我不知道凭什么理由我们会驻扎到这地方来。这里街只是一条，不是逢场日子连买汤圆也买不出。街上太肮脏了，打豆腐的铺子，臭水流满了一街，起白色泡沫，起黑色泡沫，许多肮脏的灰色鸭子，就在这些泡沫里插进了它的淡红色长嘴，咂东西吃。全街只有一个药铺，两家南货铺。他们插国旗是欢迎我们的，国旗的马虎同中国任何地方一个样子。我们来清乡，先贴了半个月告示，再经过团上派人打锣通知，大家知道清乡对他们有益了，所以才把国旗挂出。

我今天到街上时看到一个吹唢呐的人。他坐到太阳下，晒太阳取暖，吹他的唢呐，小孩子许多围到看。他的唢呐吹得不坏，很有功夫，我以为是讨钱的，觉得我有慷慨的必要了，丢了点钱，大家笑了。原来是他在那里引小孩子们，并不要钱。不要钱了，我看得比我平常有耐心去做的事还久。这地方小孩子都很瘦，好象有病，也是平常的事，我看到许多地方小孩子全都不甚肥壮。

街上冷静了，幸好，打听得出有酒喝。逢场或者好一点。我们想吃肉是非等到逢场不行的。昨天吃的是二十里外来的肉。

三

排长头一天说，军人要早起，我就起得很早。

今天点名，凡是不起床的全都罚跪，一共跪了十九个，一排跪到那大殿廊下，一直到九点钟。太阳照到这些阔肩背，很可笑。排长看到了这一群矮子也笑。跪够了到吃饭时大家又吃饭。

我们大约还要一些日子才下操，因为还没有命令。既不下操，又起得早，怎么办？打霜了，很象十月天气，穿了我们的新棉军服，到后山去玩，是很好的事。到了后山才知道这地方不错，地方人家少，田亩多，无怪乎有匪，不过我们还是不曾见到土匪，大约他们听说开来的军队很多，枪上刺刀放光，吓怕了，藏到深山中去了。我想过一阵我们会排队到各处打土匪的，那自然是很有趣味的事，碰不到匪，总可以碰到团总，团总是专为办军队招待才要的。

到溪边，见到有一个人钓鱼，问他一天钓多少，他笑。又问他，才明白他是没有事做才钓鱼玩的，因为一天鱼不上钩也是常有的事。快到冬天了，鱼不上钩。想不到是这乡里还有这种潇洒的人。我也就想钓鱼。

早上这地方空气新鲜。

回到营里，吃过早饭，无事做了，班长说，天气好，我们擦枪。大家就把枪从架上取下，下机柄，旋螺丝钉，拿了枪筒，穿过系有布片的绳子，拖来拖去，我的枪是因为我担心那来复线会为我拖融，所以只擦机柄同刺刀的。我们这半年来打枪的机会实在比擦枪机会还少。我们所领来的枪械好象只是为擦得发亮一件事。

在太阳下擦枪是很好的，秋天的太阳越来越可爱了。

有些人还在太阳下翻虱，倦了就睡，全很随便。

因为擦枪，有人就问排长：“大人，什么时候我们去打土匪？”排长笑，他说：“好象近来这地方是没有什么土匪。”

如果是没有土匪，驻到这地方过一个冬天，可真使人骂娘了。我们是预备来实习在××所学的“散开”、“卧下”、“预备放”、“冲锋”种种事情的。没有土匪同什么人去实习？

四

今天逢场。想不到这地方逢场也会这样热闹。

我们有肉吃！用开差时从军需处领下的洋磁小碗，舀汤喝，我们全到了张口大笑的时候了。

早上有训话，告我们不许拿人家老百姓东西不把钱，不听命令，查出了，打五百。训话一毕，队伍一解散，大家都到街上玩去了。各人都小心到“五百”的数目，很守规矩。记到这训话轻轻的骂娘的也有人，但这些人我相信都不忘记“五百”那数目，不敢生事。不过，见到东西，问明价钱，要买时，他们乡下人总有意只要一半价钱，因为“五百”，摇头不答应。到后还是给同样价钱，却得了一倍东西。这个事情责任可不在兵士了。

场上各样东西全有买卖，布匹，牛羊肉，油盐杂货，嘉湖细点，红绒绳子，假宝石镯，三字经，百家姓，全都不缺少。又有卖狗肉的，成腿卖，价钱比辰州贱许多。我们各人买了二十文冰糖含到口中，走到各处去看热闹。

这地方鸡种极好，兵士们都买小鸡喂养，作斗鸡，又买母鸡，预备生蛋孵雏。

逢场药铺生意也忙起来了，我站到那药铺门前看了半天，检药的人真不少。这铺子一见我们站到门前，就问我们要膏药不要，有新摊的奉送。他以为凡是兵士腿上全应贴一张膏药，一点不明白什么人才用得着那方块东西。

在场上随意走去，也很看了一些年青女人，奶子肿高，长眉毛白脸，看了使人舒服。

好象也有人趁到逢场摆赌的，因为恐怕司令部官长在那里，所以不敢去看。到夜里，才知道桌子是由副官处包办抽税，一张三串，一共是得钱四十余串，补充营摊分了九串，钱数不多，分下来不成数目，就不分，留到下场买肉吃。

五

不逢场，街上是不值得来去的。

在厢楼上白天睡觉的人很多。

我不出门，就到戏台前去同人数浮雕木刻故事，到后借司务长的笔画了一张赵子龙单骑救主的画，仿到那木雕，很有神气，我把它贴到墙上，被他们见了，大家都请我画一张。我对这件事自然从不推辞。一张包片糖的粗草纸，我也能够画出张飞的脸。

这祠堂里他们都说有鬼。他们又说鬼是怎样多，照规矩在某处某处都有，我看这些人没有话说，所以找出这些来说说罢了。我们中间是没有一个人怕鬼的。许多人吃过人肝人心，当菜炒加辣子下酒，我虽然只有资格知道这一件事，不能下箸，但我们这样的人，哪里还有怕鬼的闲心？但因为火夫同吹喇叭的号兵爱听故事，所以大家常常谈鬼。

住到这祠堂里几天来我们的事可以列表记下：一，点名（不到则罚跪）；二，吃饭（菜蔬以辣椒为主）；三，擦枪，唱军歌；四，各处地方去玩，闯一点小小乱子(譬如打别人的狗一阵，撵别人的鸡一阵)。这日子过下去将有多久，我们中间是无一个人明白的。我们来到这里究竟还要做些什么事，也无一个人明白的。因为我想明白这事，就同到几个人去问军法长，军法长也不知道。他说："我知道什么是清乡呢？我只会审案，用大板子逼取口供。"这军法长是我们顶熟的人了，他就只能告我们这一点事情。

因为每天的给养是由团上送来，由副官处发下，所以到了这里有一件难得的事，就是不必象在辰州时每天晚上得听到司务长算伙食账的吵闹。司务长无伙食账可算，所以乘成天醉到楼梯边，曾有兵士用脚在他肩部踢过一下，第二天也不曾被处罚，真算是一件奇怪的事。

六

我们的司令部设在后殿，无事兵士不到里面去。今天不知为什么有六个人被派往里面去。我因为同军法长是熟人，就跟了进去。到了里面，才知道团上送土匪来了，要审问了，所以派人进来站堂。

我们知道送土匪来了的。土匪送来时先押到卫舍，大家就争着去看土匪究竟是什么样子。看过后可失望极了，平常人一样，光头，蓝布衣裤。两脚只有一只左脚有草鞋，左脸上大约是被捉时受了一棒，略略发肿。他们把他两手反捆，又把绳端捆在卫舍屋柱上。那人低了头坐在板凳上，一语不发，有人用手捺他他也不动，只稍稍避让，不知道在想些什么心事。

不久就坐堂审案了，先是看团上禀帖，问年岁姓名，军法坐当中，戴墨晶眼镜，威武堂堂。旁边坐得有一个录事，低头录供。问了一阵，莫名其妙那军法就生气了，喊“不招就打！”于是那犯人就趴到阶下，高呼青天大人救命。于是在喊声中就被擒着打了一百板。打过后，军法官稍稍气平了。

军法说：“他们说你是土匪，不招我打死你。”

那人说：“冤枉，他们害我。”

军法说：“为什么他们不害我？”

那人说：“大老爷明见，真是冤枉。”

军法说：“冤枉冤枉，我看你就是个贼相，不招就又给我打！”

那人就磕头，说：“救命，大人！我实在是好人。是团上害我。”

军法看禀帖，想了一会，又喝兵士把人拖下阶去打了一百。

到后退堂，把人押下到新作的牢里去，那牢就在我住处的楼下。这汉子一共被打了五百，到底是乡下人，元气十足，受得苦楚，还不承认。我想明天必定要杀了他，因为团上说他是土匪，既然地方有势力的人也恨他，就应当杀了。我们是来为他们地方清乡的，不杀人自然不成事体。大家全谈到这个人可以杀了，对于这人又象全无仇恨，且如果说到仇恨时，我清楚有许多人是愿意把上司也杀了的。只觉得是土匪就该死，还有人讨论到谁是顶好的刽子手的事了，这其中自然不免阿其所私，因为刽子手可以得到一些赏号。

兵士中许多人都觉得明天要杀人，是一件有趣味的事，他们生活太平凡单调了。要刺激，除了杀头，没有可以使这些很强壮的一群人兴奋的事了。

晚上到卫舍时，看到有人在劈大竹子，劈了又用刀削，说是副官要他们预备毛竹板子，才能对付得下，这地方土匪极其狡猾，用平常打兵士的板子是对付不下那些东西的。是的，一点不错，这地方人都似乎很强壮，并不比我们兵士体格瘦弱，要他们招出一些他们不知是犯罪的事，不重重的打怎么行。他们有时被打还一声不喊，真是蛮子!

七

我又看到审案，一切情形同昨日一样，所不同的只是打的数目。时间是早上，板子的确是新东西了，喊堂时，一个兵士哗的把一束毛竹板子丢到地下，真很有些吓人。犯人只再加三百，就招了。他照到军法意思说了一些军法所要明白的话。当天录了供，取了指模，又把他丢到牢里。

我们以为今天会要杀人了，都仿佛有一种兴奋。

不杀人，在戏楼上无意思之至，就到山后玩了半天。

今天兵士也有被打军棍的，因为他们打了架。他们一天什么事也不能作，打架实在也是免不了的事情。不过平常打打闹闹，不到动刺刀流血的情形，也不什么要紧。这些人是今天打了架明天就会好的。军人中脾气就是这个样子。到因为两人打架被罚相对立正一点钟，两人就都抱怨自己的粗卤了。

不过因打架到革除也有的，我晚上就梦到我自己被革，先梦到同 ×× 打了一架，队官就把我们革除了。

八

我到修械处玩了半天，看他们做事，帮到他们扯风炉。

他们那些人，全是黑脸黑手，好象永远找不到一个方便日子去用肥皂擦擦脸同颈脖的。他们那里一共是六个小孩子，同在一处做事，另外一个主任，管理他们工作的勤惰。孩子们做事是有生气的，都很忙，看不出那些小鬼，臂膊细小如甘蔗，却能够挥大铁锤在砧上打铁。他们用鑢，用锯，用钻孔器，全是极其伶巧。他们又会磨刀。他们一面说笑话，一面还做各样事情，好象对于这工作非常满意，且有过十年以上那种习惯。

修械处方面，使我们对他们觉得羡慕的是他们那好主任，主任每天用大煨缸煨狗肉牛肉，人人有分，我们新兵营里的人可没有这种福气。营长同队官是也很能喝一杯的，可是从不请客。

他们约了我下次吃狗肉，我答应了。

我们今天又擦枪。

下半天从修械处出来，走到街头，看到有兵士从石门方面押解人头来部，每一个脚色肩挑人头两个，用草绳作结，结成十字兜，把人头兜着，似乎很重，人头一共是三担。为看人头就跟到这些人头担子回营，才知道这是驻石门剿匪砍来的。这是不是匪头，那是我们不明白的事情。

这东西放在副官处，围拢来看的人极多。到后副官说，应当挂到场头上去，明天逢场示众，使大家知道我们军队已在为他们剿了匪，因此我又跟到他们去看，直到看他们把人头挂到焚字纸塔上姿势端正以后，才回大营。

九

又到场期，精神也振作起来了。

大清早就约了几个不曾看到昨天人头的兵士去欣赏那奇怪东西。走到那里时，已有一些兵士在那里看。人头挂得很高，还有人攀上塔去用手拨那死人眼睛，因此到后有一个人头就跌到地上了。见了人头大众争到用手来提，且争把人头抛到别人身边引为乐事。我因为好奇就踢了这人头一脚，自己的脚尖也踢疼了。

今天半日时，那关闭在牢里的“土匪”被牵出到街头当路大桥上杀了，把头砍下，流了一坪血，我们是跟到那些护围的兵士身后跑到了刑场，看到一个刽子手用刀在那汉子颈项上一砍，嚓的一声，又看到人倒下地以后再用刀割头的一切情形的。大家还不算觉得顶无趣味，是这汉子虽不唱歌不骂人，却还硬硬朗朗的一直走到刑场。到了地，有人问他“有话没有？”他就结结巴巴说“二十年又是一条好汉”。他只说这样一句话，即刻就把颈项伸长受刑了。

如我能够想得出这些人为什么懂得到在临刑时说一两句话，表示这不示弱于人的男子光荣气概，又为什么懂得到跪在地下后必须伸长颈项，给刽子手一种方便砍那一刀，我将不至于第二次去看那种事了。

这人被杀大概也不什么很痛苦，因为他们全似乎很相信命运。是的，我们也应当相信命运。今天他们命运真不怎么好，所以就这样法办了；我们命运同那个人相反，所以我们今天晚上就得肉吃。

看过杀人回到营中，我们所讨论的还是那汉子的事，我们各人据在稻草上，说了很长久的时间，又引申说到另外一些被砍的故事上面，在兵士的一群中是很少有象我那样寡见浅识的。他们还能从今天那汉子下跪的姿势中看出这命运不好的汉子做匪无经验的地方，因为如果作匪多年的人，他应当懂一切规矩，懂到了规矩，他下跪时只应屈一只腿，或者有重伤则盘膝坐下，因为照这办法，头落地以后死尸才可以翻天仰睡，仰卧到地上对于投生方便。说了“二十年又是好汉”那样慷慨决绝的壮语，却到头不懂这些小事，算不得完全的脚色。兵士们是每一个人皆有许多机会看到杀人，且无有不相信这仰卧道理的，兵士看被杀都很明白那种体裁，纵缺少这知识，临时也可以有熟人指点。

十

一个团总又同了二十个亲信，押解一群匪犯来了。“该死的东西”一共是六个。审讯时有三个认罚，取保放了。有三个各打了一顿板子，也认了罚，又取保放了。听说一共罚了四千，那押解人犯来的团总，安顿在司令部副官处喝酒，出门时，笑眯眯的同我们兵士打招呼，好象我们同他新拜了把子。

我听到一个兵士说，这是一种筹饷的最方便办法。这人叔父是那军法长，所说的话必定不会错。听到这个话，我心想，这倒真是方便事。我们驻到这地方，三十里附近一共是一千多人，团上经常供给的只是米同柴火，没有饷，大家怎么能过年。人人都说军队驻防是可以发财的机会，这机会如今就来了。有了机会，除庆贺欢喜，无事可作了。不过也想到这些人他会恨我们这队伍。不过就是恨，他们也没有什么办法的，不甘心罚钱，我们把他捉来就杀了，也仍然就完事了。

今天落了雨，各处是泥浆，走到修械处去玩，仍然扯炉，看到那些比我年纪还小的工人打铁。打铁实在是有趣味的事情，我要他们告我使铁淬水变钢的方法，因为我从他们处讨得了一枝钢镖，无事时将学打镖玩。我的希望自然不必隐瞒，从兵士地位变成侠客，我自己无理由否认这向上的欲望。

晚上睡得很晚，因为有兵士被打五百，犯了排长训话的第一项，被查出了，执行处罚。军人应当服从，错了事，所以打了。这人被打过了就只伏在铺板上哼，熟人各处采寻草药来为他揉大腿，到后排长生着气往营长处去了，大家都觉得无聊，但不久全睡着了。那被打的兵士似乎也睡着了，我还不能睡好，想到军人应当服从，记到那兵士呻唤。

十一

约定了分班出到外面溪里去洗衣，在家洗了一会衣，就在溪里骂丑话浇水。因为又是好天气，真想不到的晴朗，天气一好，人人都天真许多了，有一个第八班的火夫，到后就被大家在很好的兴趣中按到水里去了。这个人从水中爬起，衣裤全湿，哭到营里去时，没有一个人把回营的处罚放到心上。

我洗了衣，又约同了三个兵士到杀人的地方去看，尸首不见了，血也为昨天的雨水冲尽了，在那桥头石栏干上坐了半天，望到澄清的溪水说话不出。我是有点寂寞的。因为若不是先见到这里杀了一个人，这时谁也看不出这地方有人伸长颈脖，尽大刀那么很有力的一砍的事了。

他们杀了人，他们似乎即刻就忘记了，被杀的家中也似乎即刻就忘记家中有一个人被杀的事实了，大家就是这个样子活下来。我这样想到时心中稍稍有点难过。不过我明白这事是一定不易的。虽然刽子手回营时磨刀，夜里且买了一百钱纸为死人烧焚，但这全是规矩而已。规矩以外记下一些别人的痛苦或恐怖，是谁也无这义务的。

这地方似乎也有读书人，也有绅士。不过一个读书人，遇到兵，打他的嘴，他也是无办法的（绅士平时就以欺侮平民为生活，我们就罚他的款，他也只有认罚，不敢作声）。打读书人当然不是这地方的事，因为在这里我们不想打谁，只是很平凡的活着，不打仗，脾气是没有的。我相信在愚蠢的社会中聪明也无用处。

十二

昨晚有人请班长到营长处去说，让我们也来赌点钱，不然无事做，很不容易过日子。营长说，好，你们随意玩玩，只是不能在那上面有大数目的输赢。还有，不许吵闹，不许欺骗。我们也一一答应营长了。从此我们多有了一种消遣。

说是不许到大数目，但是几个火夫把半年来积蓄下的几块钱，在第一天就输光了。这火夫是最爱贴膏药的人，胸口上我总见到他有一块东西。输了钱，问他胸口怎么样，这意思是笑他心痛不心痛。他不生气，笑，说，运气不高，所以失手。这些人是有上了四十岁的年龄的，看到那种蠢样子，使人觉得好笑以外的怜悯。他们真完全象是小孩子。

火夫薪水每月三元，除伙食一元半，剩余一元半。他们把半年来的积蓄输到一晚的牌九上面，输光了，第二天又仍然一到东方发白就挑了水桶到井边去担水，单是我们营里这种人的数目也就很不少了，照例又是这种人有输无赢，他们实在就特别给了许多机会让别的兵士行使欺骗。

望到他们挑水，使性子把水桶同到其他水桶相磕，有说不出的风格到我的心上。

我是不赌博的，只看看，也很有趣味。先是赌精，已因为一次教训把赌戒去了。

我每天买二十文冰糖含到口中，近来已几几乎成为习惯。

今天又送来了两个匪犯，在我买糖时候遇到，我就问那卖糖人，是不是这地方被这些匪抢劫过。那个人摇头，他告我匪是在有一个时候遍地都是的，因为有些时候他们做土匪的机会比做平民的机会多一点。我不懂他说的“机会”，但看那个人是不会说谎话的，我也仿佛就懂了。

夜里审讯土匪我不去看，到后听说用铁杠把一个年青一点的两只脚全扳断了，就知道这人必定又是后天的货。每一场杀一个人，是可以使他们乡下人明白我们来到这里为他们剿匪，并不白受他们供给。

十三

今天又送来七个。

大家似乎都很欢喜，因为这些土匪由团上捉来，让我们分别杀戮或罚款，并且团上对于匪徒的家事全很清楚，不会遗漏也不会错误，省事许多。

我呢，可不管这个。这些是军法的事。照例他们应当比平时忙碌了一点，这些有知识同有名分的人，为了审案，烟也吃不成了。我呢，自己到修械处打铁，玩车盘，在铁板上钻眼。我的兴味就在这些事情上面。杀人时我固然跟到去看。有热闹我总在场，可是我对于土匪的拷打是不发生兴味的，我对于杀人也没有他们盼望的殷切。一遇到送来土匪审讯时，大家就争到拿板子准备，一听到杀人，大家就争作护围兵，真是奇怪。他们实在是无事情可作了，他们就不能不找出一些事情。

我今天被修械处一个小工人引到了一个新鲜地方，是去街稍远傍山一个铸铁厂。那里大铁炉高约两丈，成水的铁汁从炉口流出时放大白光，真是了不得的壮观。那工人比我多懂许多，他能分别铁矿，能知道铸铁成为熟铁的方法同理由，又能够自己动手挥锤。他每月口粮是四块六，还能把积下的钱请主任寄回家里去，家里有妈卖布。他的年纪比我还小，只十三岁，再过两年到我年纪时，他可以有八块钱月薪了。

铁厂真是一个好地方，到了那里我知道许多事情，辛寿是好人，各样全好，我说的辛寿就是那修械处小工人的名字。

十四

今天杀四个，全躺到那桥上，使来往过路的人也不能走路了，大家全从溪上游涉水走过。望到那些人一见血就摇头的情形，是很有趣味的。逢场杀了这些人，真是趁热闹。血从石罅流到溪里去，桥下的溪水正是不流的水，完全成了血色，大家皆争伏到栏干上去看。

今天杀人，司令部的副官，书记官，军法，全到看。他们实在太没有事情可作了，清闲到无聊，所以他们从后门赶到桥上看。那军法还拿一枝水烟袋，穿长袍，很跑了一些路。

大家全佩服刽子手的刀法，因为一刀一个，真有了不得的本领。这个人是卫队的兵士，把人杀完后，就拿了刀大踏步走到场中卖猪肉屠桌边去，照规矩在各处割肉，一共割了七十多斤肉，这肉到后是由两个兵士用大杠抬回营来的。这规矩我先是就听人说过，在前清就有了的。上场大约也割过了，今天我才亲眼见到。这肉虽应归刽子手一人所有，到后因为分量太多了，还是各处分摊，司令部职员自然有分，我们也各有分。

吃晚饭，各人得肉一大片，重约四两，不消说就是用那杀人的刀所割来的肉了。吃到这肉时免不了仍然谈到杀头的话，一面佩服刽子手的精练刀法，一面也同时不吝惜夸奖到把脖子伸长了被杀的那一位。这又转到民族性一件事上来了，因为如果是别地方的人，对于死，总缺少勇敢的接近。一个软巴巴的缩颈龟，是纵有快刀好脚色，也不容易奏功的。这一点，芷江东部地方土匪真可佩服，他们全不把嘲笑机会给人。

因为有肉，喝了些酒，醉了三分的，免不了有忽然站起用手当刀拍的砍到那正蹲着喝酒的人颈后的事。被砍的一面骂娘一面也挣扎起来，大家就揪到一处揉打不休。我们的班长，对这个完全无节制方法。因为到了那时节，他自己也正想揪一个火夫过来试试了。

杀了一个人以后，他们大家全都象是过节，醉酒饱肉，其乐无涯。

十五

我一个人怀了莫名其妙的心情，很早的又走到杀人桥上去看。我见到的仍然是四具死尸。人头是已被兵士们抛到田中泥土里去了，一具尸骸附近不知是谁悄悄的在大清早烧了一些纸钱，剩下的纸灰似乎是平常所见路旁的蓝色野花，作灰蓝颜色，很凄凉的与已凝结成为黑色浆块的血迹相对照。

我看了一会死尸。又看了一会桥下，才返身。

我计算下一场必定仍然至少还有四个，因为五天内送四个匪来是可能的，并且现在牢里就还留得有四个，听他们说是有两个本应昨天杀掉，因为恐怕下场无人杀，所以预备留到下场用的。

十点钟排长集合，说了许多我们要“爱国保民”的话，同时我们在大坪里扯圈子唱新的军歌，歌中意思是“同胞同胞，当爱助，当携手，向前走”。我们一排人又当真携手作了一点钟游戏，大家全欢喜得很，因为我们从 ×× 开拔，到如今已经有二十天不作游戏了。虽然许多人已全是做父亲的年纪了，对于玩，还是很需要的事，他们心上全是很天真。

想起歌中的话语，我好象很有些感慨。在一队中我们真是很关爱的，被打了就代为找药，输光了就借钱扳本，有酒全是大家平分，有事情也是大家争去做。只是另外的，我们就不问了。别一营的事我们也是常常无理由去过问的。谁也不明白这理由，谁也不觉得这理由一定有明白的必要。

今天有人被值日副官罚跪到殿前，头顶清水一碗，水泼到地则所罚不算。大家对这件事才感生兴味，引为笑乐，都说亏副官想得出这样好主意。副官聪明是也只能在这些上显出的，此外也不过同我们一样吃饭睡觉罢了。

我们全是这样天真朴实的头脑。

十六

我到修械处吃狗肉。把狗肉得到了，放到炉上烧，皮烧焦以后，才同辛寿拿到溪中去刮洗，刮干净了又才砍成小块加作料安置到煨缸中去煨。狗肉煨缸挂到打铁炉上，一面做事的仍然做事。到下半天，七个人就享受了。小工年纪虽小，得了好主任的训练，差不多每一个人都能蹲到狗肉缸边喝四两酽冽的烧酒，喝了酒就随便说一点疯话，譬如“今天非……不可！”“一定要同那水牛打一架！”那么仿佛非常决绝的话。大家且在这话上互相嘲谑到关于“货”的问题。货其实是完全无用处的东西，青年人，肚中有了酒，要发散，所以才提到这无用的东西。大家还把某一类地道的象征名词解释了若干用处，这用处多半是从一个火夫或一个马夫方面听来，结果还是唱唱“大将南征”的军歌各人拿起家伙到厨房洗濯去了。

主任好脾气，几几乎使我也成为修械处工人。

假若我作了工人，我对于使用一切器械是毫无问题的。我且能象那些小子一样在工作上发现大的趣味。我将成为一个很好的工人，十年后也仍然还在那些地方做我的工。

十七

早上点名特别早到，制服整齐，被嘉奖，心里很快活，同到别人在操坪里操了一点钟。我们全都象需要一点分量沉重的东西压到肩才容易过日子，我虽不一定是这样的人，但另外一些蠢汉子，是没有工作生活就不能规矩的。天气又太好了。我们想找一些事做，今天才同到队官去说，大家请求出去放哨，看看有不有土匪在附近骚扰。这队官是我的一个亲戚，他曾常常用亲戚的名分吃过我的冰糖。他回答我们说：

“放哨是派的，不是请求的。”

“那我们请派出去。”

“一群呆子，派出去干吗？有土匪，团上会为我们捆好送来的，要我们去捉捉得到吗？”

“我们做什么？”

“你们擦枪吧。你看，天气多好！点验委员快要来了，若看到你们枪上刺刀不发光，那不是笑话么？”

“什么时候委员就来？”

“快了吧。我听他们说快了，等我们清了一会乡，就来看成绩。”

“可是我枪上退子钩也被我擦小许多了，我不再做这种蠢事。”

“你以为这是蠢事，只你一个人以为——”

“不是蠢事我也不擦枪。”

“那就随便玩玩也好，只是不能到外面生事。”

队长走了，仍然含了我的一点糖在口中走去的。不能放哨，就只好照到队官的吩咐，出去玩。我们今天就有七个人到那后山去砍柴，每人砍一些枯枝，又砍了一些小竹子，预备拿回营来作箫，同时还摘了一些花，把花插到柴捆上面，一路唱军歌回营。

我们的快乐是没有人能用法律取缔的，一直唱歌进到营里，就仿佛从什么远地方打了胜仗归来，把野花插到洋酒瓶中，还好好的安置到司务长算伙食账的一个米桶上面去，到晚上，那花影映到美孚灯微光中，竟非常美观。

在夜间我们营里可出了大事了，驻到后面一进左边院子里，有一个逃兵，第一次拐了枪械逃走，被捉到营里，因为答应缴出三枝枪，就没有照处治逃兵法枪毙，方便在将来追枪，留他到营里住。如今又逃走了。这犯人我曾常常见他，白脸高身材，为军人中很难得的体面人物。他脚用铁镣锁定，走动时就琅琅的响，有时我们正擦枪，他也能得到方便出外面大坪来晒太阳，坐到石栏干旁向天空看云影。这汉子存心想再逃走，在夜里借故出恭，由班上一个火夫作伴，到修械处外面园圃中大便，谁知候在门边的火夫半天见无动静，疑心了，就喊那人名字。喊了几声仍然无声息，各处一望，人已不见了，火夫吓慌了，就大声的喊出来，“逃脱骡子了”，“逃脱骡子了”，一直从修械处喊出大堂。那火夫是苗人，声音宏亮不凡，全营为他这声音皆惊动了，大家全摸了枪向外面集合。我正在修械处同辛寿做铁弩，用枪挺簧纳小竹筒中，以为设计把箭镞放在压紧的簧上以后，遇到虎豹时，一放就可以打中虎眼。从别人所学到的白玉堂的身分上，我发现了一些我也不缺少成为这英雄的气质，就非常有兴味的研究这镖弩。先是听到有人从外面走过，很平常，以为这完全是不知节制吃多了一点的人物大便，可是到喊“逃脱骡子”，我们忙随了那苗人到外面来，那苗火夫经营副耳根一掌，打得略略清醒了，他说“罗什长逃走了”。大家明白事情只是那逃兵又逃了，放了心，什么人说是“追去”。许多人就想拿了枪向外走，还有些喝醉了酒的也偏左偏右拿了一把刺刀走下楼来了，另一种混乱又不成样子。

到后园去看了，人是从土墙上爬过，还留下一些痕迹，毫无疑义人已向后山躲藏了。又不久，我们就分头拿了火把器械去后山追寻了。每一个草堆全用长矛搜索过了，每一株大树全有人爬上去找寻过了，还是没有那白脸长身材汉子的踪影。那营长，因为这犯人是已经判决，只因为缴枪的原故所以看管到本营的，即刻把赏号悬出了，捉到活的赏三百，找出死的赏两百，好象全为了这个赏格数目的原故，平时办公事具结造表册的师爷，也有拿了提灯同长矛四处找寻逃犯的。但无论如何搜索，显然那汉子已即刻离开这山中，走到别一处去了。

我们被分派每廿人一组，到各处驿路上去拦阻这逃兵，因为算定了这汉子纵逃走也只能取那几条路到别处去，就把一百四十个人分配了七组去拦截这一个人。我同我们一班上的人派过名叫江口的一条小路上去，因种种推测这路是必然取的一条路线。即刻预备了草鞋，背了枪弹，向指定地点出发。七路中我们算是第四路，今夜是再不能在新棉絮里睡觉了，即刻我们就在路上了。大家对于这件事产生那么兴味，只是三百元一个数目罢了。我们并没有觉得非把这汉子头颅切下不可的，我们同他无友谊也同时缺少仇怨。我们虽不能明白这汉子所取的方向，又不能明白这赏格究竟是不是一个实在数目，可是总以为若果逃兵由自己发现，当是一件有趣味的事。一面是明白那汉子有脚镣系下面，纵走也去不很远，一面又是恃人多，手中且各有武器可以制人死命，所以我们一点也不以为这是无意思而且危险的行为。

在路上想，三百元这样一个大数目，是一个兵士五年的饷份，一个火夫十年的口粮，气运一来，岂不是用枪刺那么随随便便一拟，或者向路旁草深处一探就可得到么？我们所有的人是全在这一个人身上做着好梦的。

只有今夜，我才知道我们世界上同黑暗在一块的人事情。

十八

逃兵捉回来了，如所意料绕路，走得是第四路。但我们却与这运气无分，因为那人还比我们所猜想不胡涂，先是他想从江口过××，到后好象有意要作成另外一些人，本应一直与我们碰头，却自说临时变计向大寨走了。这人是大寨那一路所捉回的，比我们转来迟了四点钟，人捉回时浮肿的脸更加苍白，他仍然站到那坪中太阳下向阳取暖，脚镣已断了，据说是先在营中锤断用布片包好的。我们望他他也望我们，大约也看出我们因他一走全个晚上狼狈的情形了，就在见连长时说很对不起连长同诸位兄弟。到后为营长审讯，又向营长道歉，说对不起营长。

营长说："老罗，你又回来了。我以为你聪明，第二次总不会再同我见面了。”

那汉子想了一会，说：“这是一定的。”

营长说：“我本来想救你，所以答应缴枪，就不砍你的头。你真太聪明了，见我对你好，你就欢喜逃。你是逃过了，这是你欢喜的事，你大约不欢喜挨打，让我打你一顿看看。”

这汉子当真就被打了一顿，被打完了丢到土匪牢里去。这汉子一瘸一拐走到牢边时，进牢门还懂得先用背进牢的方法，我问别人，才知道这人还作过一次大哥。

吃过饭，各人为晚上事辛苦了一晚，正好到床上草中做梦，忽然吹了集合号，排队站班，营长演说。营长说，司令部有命令，把罗××杀了。不到一会这汉子就被他那同营的兵士拥到平时杀人的桥头，把一颗头砍下了。

“他拐了枪，就该杀，不杀他，还想逃走，只有把他头砍下一个办法了。”这是营长演说的话语。

杀人时押队的就是他平时同营吃饭下操的兵士。大家都只明白这是军法，所以到时当刽子手也仍然有人。杀过这人以后，大家看热闹的全谈论到这个人，人是太英雄了，“出门唱歌”，“脸不失色”，不辱骂官长，“临刑颈脖硬朗”。大家还说他懂规矩，这样汉子的确是难见到的。

晚上营长从司令部里领赏格下来了，分配的办法稍稍出人意外，捉到这汉子的一组兵士得三分之一，其他出力人员分赏三分之二，大家对这支配皆无话可说。得赏以后，司务长成为兑换铺的人物，即刻就有许多人很畅快的在草席上赌起牌九来了。这些人似乎全都对于昨夜的意外行为感到满意。

我不明白他们为什么出三百块钱（这样一个大数目）一定要把那汉子捉回来的理由。捉回来就杀了，三百块钱就赏给出力的人员，大家就拿这钱赌博，这究竟是为什么事必须这样做，营长也说不分明。因为在训话里他并不解释这“必须”理由。

一切仿佛皆是当然的，别人的世界，我们的世界，永远全是这样。

十九

今天又发生了新事情，第十四连（就是那看守罗什长的一连），有三个兵士被审讯了，各人打了五百，收进牢里，是因为查明白有纵罪人逃走的原故。他们因为是朋友，所以那样作了，我们因为不与那人相识，就仍然赌了一天钱。那三人还应当感谢长官，因为照规矩他们也有死罪。也算是“气运”罢。在军队中我们信托自己还不如信托命运，因为照命运为我们安排下来的一切，是连疑问也近于多余的。一个火夫的身体常常比我们兵士强壮两倍，同时食量同担负也超过两倍，他们就因为什么不懂才有这样成绩。我们纵非懂“唱歌”、“下操”、“喊口号”、“行礼”种种事情不可，不过此外的东西，我们是不必去懂的。我们若只有机会看到我们的幸福，我们就完全是幸福的人了。

“打死他罢，”象这样的意思，在那三个兵士的连里，是应当有人想到的。这以为打死也不算过分的，必定就是那些曾经为一些小数目的债务，或争一枝晒衣的竹竿，吵骂过嘴的人。小小的冤仇到某一时就可以牵连到生死，这是非常实在的。我们在××时还遇到一件事情，就是一个兵士半夜里爬起来把切菜的刀砍了同班的兵士七刀，头脸各处全都砍到，到后凶手是被审讯了，问他为什么这样粗卤，随意拿菜刀砍人，他就说是因为同伴骂了他一句丑话。这是不是实在的供词？一个熟习我们情形的人，他会相信这供词的，所以当时军法也相信了。那人定了罪。从这些小事上别的不能明白，至少可以了然那地方的民族性，凡是用辱骂的字言加在别人身上，是都免不了有用血去洗刷的机会的。不过另外的事我也来说说罢，就是我们的上司，不需要任何理由，是全可以随意对于兵士加以一种很巧妙的辱骂的。每一个上司对于骂人总象不缺少天才，从学校出身的青年军官，到军队以后是最先就学到骂人的。被骂的兵士有一种规矩是不做声。但过一会不久，兵士一有了机会，就又把从上司处所记下的新颖名词加到火夫的头上了。火夫则只能互相骂骂，或对米桶、水缸、汤杓痛切的辱骂。照例被骂的自然是不会做声。

埋罗什长是营长出的钱，得了赏号的也有到那死人面前烧纸的。尸骸到晚上才许殓收。

今天有两个兵士因为赌博打了一架，到后各到连长处去打一顿板子。我先以为这些人在晚上会又有发生上面说到的凶案，不拘是谁在半夜三更爬起身来摸到了菜刀，血案就发生了。不过我完全错了，他们到晚上仍然是在一堆赌牌九，且把挨打这件事当作笑话谈论了许久。真是些有福气的人，为他们担心是白担心了。

二十

今天落雨，打牌的就在营里打牌，非常热闹。

二十一

又落雨，打牌的也还是打牌。

二十二

还是落雨。

二十三

雨落了一连三天，一院子泥泞。担水的火夫大清早赤脚板在泥中走出走进，口中还哼哼哼不止。早饭前许多人皆很无聊赖的倚伏在楼厢栏干上看院中落雨的景致。雨已不落了，一个高身子师爷，掇长凳在长殿廊下画符，用黄纸画，到后且口咬鸡头，将血敷到符上面。他原来正在为昨天受伤那三个兵士治病。我们队伍中是不可少了这样人物的，有兵士被刀杀伤了，打伤了，或者营长太太有了病，少爷失魂夜哭，都不是军医的事，却非师爷画符不可。这师爷若缺少卜课本领也还是不成其为师爷的。大约“军师”就指得是这样人材，这人材的养成一半是天生，一半还是由于地气，因为仿佛有三个全是辰州地方的人。望到师爷画符的神气，仿佛看到诸葛亮再生。

看看师爷画符，自己也来学习，用从书记处讨来的公文纸头，随意挥洒而成，且把这个东西也贴到床头去，说是可以辟邪，就是我在下雨的这一天的事了。

我这符是到后又悄悄的贴到了一个火夫背上的。这火夫我们一到有机会就为他画一点胡子，或者把一个萝卜包上肮脏东西给他吃，到被哄伤心，或吃亏不了时，就荷荷的哭一阵，哭声元气十足，大家听这哭声以及欣赏那姿态，都似乎很有趣味。这汉子年纪是三十七岁，命好的一定作祖爷了。他哭了，或者排长走来，找一些希奇的话语一骂，或者由兵士中捐出一点钱，塞在他的手心，不久就见到这汉子用大的有黑毛的手背擦那眼边，声音也没有了。这样人，看来好象可怜极了，但若果我们还有“怜悯”这种字样，就留下到另外一些事情上用罢。方便中，他们是也常常在喝半斤酒以后，走到洗衣妇人处说一点野话，或做一点类乎撒野的事情的！他们用不着别人怜悯，如世界上许多人一样。火夫这种人，他们到外面去，见了可以欺侮的人，并不把他们穿灰色衣服的权利丧失。他们也能在买菜蔬时赚点钱，说点谎话，再向神赌一个不负责任的咒，请神证明他的老实。他们做事很多，但吃东西食量也特别大。总之这些人的行为，皆是不可原谅的行为，所以挨打的时候比旁的人总多。在情绪上象小孩子，那不独是火夫一种人，就是年纪再大一点的传达长，也是一个样子的。做错事情被打了就哭，赏一点钱就又拭眼泪做丑样子哼哼笑，五十岁年纪了还有童心，赌博一输就放赖，这样人还不止一个。

天气是使人发愁的天气，我不能出去，就只有到修械处代替工人扯炉。把大毛铁放到炉上炭火中，一面说话，一面身对风箱，用两只手向后奔，到相当角度时又将身体向前倾，炉火为空气所扇，发臭气同红光了。铁煨红了，一个小孩子把铁用钳夹取出，平放到鹤嘴砧上，于是两小孩就挥细把铁锤，锤打砧上的热铁，锤从背后扬起，从头上落下，着铁时便四方散爆铁花。主任坐到旧枪筒的堆上，居高临下，监察一群小孩子作工，又拿孟姜女万喜良唱本书念给大家听。主任的书已唱过多日了，故事小孩子全能背诵如流，主任还是一面看，一面唱，一字不苟且的唱过。间或有什么人来到修械处了，有事同主任商询，主任也还是用唱歌的章法同来人谈话，正象这个人成天吃酒不醉，却极容易醉到他自己的歌声里。

我在扯炉厌烦以后，是也常常爬到过铁堆上玩的。我爱这一屋子里全身是煤烟与铁锈的人，也极欢喜那些“三角”、“长方”、“圆条”硬朗实在的大小铁器。还有那沙罐，有狗肉香狗肉，无狗肉时煎豆腐干也仍然不缺少狗肉香味，不拘挂到什么地方我总能发现它。

谈到天气，辛寿他们是没有兵士们那样发愁的。天气越冷他们生活越痛快，一是吃肉的机会多，一是做事。在大冷天，我们营里火夫穿厚棉军服臃肿象个熊，辛寿他们一定还是赤裸露出又小又脏的肩膊做事。他们身上好象成天吃狗肉也仍然没有脂肪的积蓄，但每一个人身体的健全，则仿佛把每人拿来每天饱打一顿以后，还放雨中淋两点钟也不至于伤风。

明天是场期，应当早早的睡，所以凡是不在夜中赌钱的，全都很早就睡了。

作于一九二九年夏

逃的前一天

他们在草地上约好了，明天下午六点钟，在高坳聚齐，各人怀着略略反常的惶恐心情转到营中去，等候这一天过去。

他坐到那庙廊下望太阳，太阳还同样很悠暇的慢慢在天空移动。他心凝静在台阶日影上，再不能想其他的事了。

看到一群狗在戏台下打仗，几个兵在太阳下，用绳索包了布片，通过来复枪的弹道，拖来拖去，他觉到人与狗同样的无聊。

他想：到后天，这时候，这里就少三个人了。他知道那时候将免不了一些人着忙，书记官要拟稿行文，副官处要发公事，卫舍处要记过，军需处要因他们余饷有小小纠纷……一切一切全是好笑的事。因逃兵而起的骚扰，他是从其他人潜逃以后的情形看得出的。见过许多了，每一次都是这样子，不愿意干，就逃走。逃走，利益还似乎是营上这一边。不久大家也就忘了。军队中生活是有系统的，秩序不紊的，这整齐划一的现象，竟到了逃兵这种事上，奇怪得使他发笑了。

谁也不明白这人为什么而笑的。但人见到他在太阳下发笑也完全不奇怪。

一个兵，笑的理由也是划一了的。他们笑，不外乎多领了津贴发了财，凭好运气在赌博上赢了钱，在排长处喝了一杯酒，无意中拾了一点东西。此外，不同的非猜想不可的，至多是到街上看了热闹，觉得有趣。他们是在一种为国干城的名分下，教养得头脑简单如原始人类，悲喜的事也很少很少了。他们成天很早的起床点名，吃极粗粝的饮食，做近于折磨身体的工作，服从长官，一切照命令行事，凡是人不必做的都去做，凡是人应当明白的都不必明白，慢慢的，各人自然是不会在某一新意义上找出独自发笑的理由了。

他笑着，一面听那几个擦枪的兵谈话，谈话的人也正是各自作着笑脸谈那事情的。

一个手拿机柄包在布片里扭来扭去的小子，赤着脚，脚干上贴有红布大膏药一张，把脸似乎笑扁了，说：

“哥，你不要以为我人矮，我可以赌咒——可以打赌，试验我的能耐。”

“你以为你是能骑马的人也能……”这是所谓“哥”的一个说的，他还有话继续，“宋二，我就同你打赌，今夜去试。”

“赌二十斤酒一只鸡。”

“我只有一个‘巴’，你吃不吃？”

那擦机柄的被玩弄了，就在那哥的软腰上一拳。分量的沉重，使那正弯身拖动枪筒的兵士踉跄了。另一个脚干上也有一张膏药的脚色，放下工作，扑过来，就把矮小子扑倒了，两人立刻就缠做一团在地面滚。被打了一拳的大汉子，只笑着嚷着，要名字叫癞子的好好的捶宋二一顿。他倒很悠闲的仍然躬身擦枪，仿佛因为有职务在身，不便放弃。

他们打着，还互相无恶意的骂着丑话，横顺身上穿的是灰衣，在地上打滚也不会把衣弄脏，各人的气力用在这一件事上也算是顶有益的事了，热闹得很。

第四个兵士不搀入战事，就只骂那被擒在地上的一个，用着军人中习用的字言，“杂种”，“苗狗入的”，“牛”，还有比这更平民一点的也全采用了。似乎把这些话加到弱者的头上时，同时在别人身上的一个，就光辉满脸，有伟人奋斗之余的得意情形。

驻在此地的军队，既不打仗，他们当然就只有这样消磨日子，他也看惯了。虽看惯，仍然还很担心的，就是这种戏谑常常变成更热闹，先是玩笑，终于其一流血，其一不流血的也得伏到石地上挨二十板屁股的处罚。人虽各是二三十岁的人，至于被惩罚以后，脸上挂着大的眼泪也是常有的事情。对着这样一般天真烂漫的同胞同志，他纵笑也还是苦笑的。

打架的还是胜负不分，骂娘者渐感疲倦，队长来了。

他望到队长来了，就站起。那几个人还不注意到，揪打的仍然揪打不休，助威的也仍然用着很好的口气援助。队长看着。他以为这几个兵士准得各在太阳下立正三十分钟了，谁知队长看了一会，见到另一个擒在地下的快要翻身爬起了，就大声喊。

“狗养的，你为什么不用腿压到那一只手？”

队长也这样着急，是他料不到的事。原来队长是新补，完全是同这些弟兄们在一堆滚过来的人，他见到那汉子对队长立定以后便说要队长晚上去棚里吃狗肉，他要笑不能，就走开了。

天气过早。

他走到庙后松树下去，几个同班的汉子正在那里打拳。还有火夫，一共是五个，各坐在大磐石上晒太阳，把衣全脱下，背上肩上充满了腻垢，脱下的衣随意堆到身旁。各人头发剃得精光，圆的多疱的各不相同的头，在日光下如菠萝。这几个火夫的脸上，都为一种平庸的然而乐观的光辉所照，大约日子已快到月底，不久就可以望支本月份的四块八角的薪饷，又可以赌博吃肉了。他们也是正在用着一种合乎身分的粗鄙字言，谈论着足资笑乐的一件故事的，他又站下来听。

原来他们讨论到的就正是头。他们大致因为各人正剃过头发，所以头是一种即景的材料了，只听到一个年极幼小的火夫说道：

“牛巴子，你那头砍下来总有十七斤半。”

所谓牛巴子其人者，是头特大疤子特多的一位，正坐在那石上搔胸上的黑毛，听到这话也无所谓生气，不反驳，无抵抗主义是因为人上了年纪，懂到让小子们嘴上占便宜，而预备在另一时譬如吃饭上面扳本的人的。那小子，于是又说道：

“牛巴子，你到底挑过多少人头，我猜你不会挑得起十个。”

牛巴子扁扁嘴，不做声，象他那口是特为吃红薯生长的。因为问题无大前提，牛巴子照例是无回答义务的。

另一个（这时正搂起裤子，脚干上有两张膏药！）就说：

“牛伯，死人头真重，我挑过一次，一头两个，一头三个，挑二十里肩就疼了。”

牛巴子打了一个噎。

那火夫又问：“牛伯你挑过几个？”

牛巴子说：“今天有酒喝。”这话完全象是答复他自己那一个噎而言。然而，话来了：“这几天，妈妈的，不杀人，喝不成了。”

那小子又搀入了话：“牛巴子，你想喝么？我输你，今夜一个人到箭场去提那个死人头来，只要你敢，我请你喝三百钱酒。”

“小鬼精，你又不是卖××，哪里来得许多钱。”

“卖，你是老南瓜，才值钱！”

“排长喜欢你这小南瓜了，你小心一点。”

“小心你的老南瓜？你妈个……”小子又向另一个说：“二喜，二喜，你知不知道老南瓜家里人同更夫的事情？饿酒的人吃尿还是有志气，老南瓜在乡里全靠太太才有酒喝的，老舅子还好意思说他太太长得标致！”

“杂种你不要强嘴，老子到夜间就要……”

“你看老子整你。”说着，小子走过来，把一件短棉军衣罩在牛巴子的疤头上，就骑到他的肩上去，只一滚，两人就从磐石上滚流到松树根边了。那个名叫二喜的与另一个火夫，仍然象前次擦枪那几位，旁观呐喊助威。

他觉得这全是日子太长的缘故，不然这种人，清早天一亮就起来点名，点完名就出外挑水，挑得水就烧火，以后则淘米，煮饭，洗菜，理碗筷……事情忙到岂有此理，日子短则连自己安闲吃一顿饭也无时间，哪里还能在这太阳下胡闹？若要怪长官，那就应当怪司务长分派这种人工作还不太多，总能让这种人找得出空闲，一有闲空，他们自然就做这些事情来了。

“南瓜”，“红苕”，这些使人摇头的东西，他们能巧妙的用在一种比譬上，是并不缺一种艺术的原素的。他们成天所吃的就是南瓜红苕，在他们那种教养下，年青人并不见着低能的秉赋。

他看到这些人在那种调弄下，所得的快感并不下于另一种人另一种娱乐，他仍只能不自然的笑着走开。

天气还早。

到什么地方去呢？书记处有熟人，一个年纪四十一岁每天能吃五钱大烟的书记官，曾借给他过《水浒传》看。书是早还过了，因为想到要悄悄离开，恐怕不能再见到这好脾气的人了，就走到那里去。

这个人住在戏台上，平时很少下台，从一个黑暗的有尿气味的缺口处爬上了梯子的第一级，他见到楼口一个黑影子。

“副兵，到哪里去这半天？”

他听出书记官的声音了，再上了一级：“书记官，是我，成标生。”

“标标吗，上来上来，我又买得新书了。”

他就上去，到了楼上，望到书记官的烟盘上一灯尚熠然作绿光，知道还在过瘾。

“怎么，书记官，副兵又走了。”

“年青人！一出去就是一天，还拿得有钱买桔子。大概钱输到别人手中，要到晚上才敢回来了。”

“人太好了是不行的。”

“都是跟着出来的，好意思开除他么？有时把我烟泼了，真想咬他一口。”

“书记官真能咬副兵倒是有趣味的事。”

“咬也不行。《三侠五义》第五章不是飞毛虎咬过他仆人一口吗？我这副兵到知道我要咬他时，早先飞走了。”

这好性情的人，是完全为烟所熏，把一颗心柔软到象做母亲的人了。就是同他说到这一类笑话时，也象是正在同小孩子说故事一样情形的。那种遇事和平的性情，使他地位永远限在五年前的职务上。同事的无人不作知事去了，他仍然在书记官的职务上，拟稿，造饷册，善意的训练初到职的录事，同传达长喝一杯酒，在司令官来客打牌的桌上配一角，同许多兵士谈谈天，不积钱也不积德，只是很平安的过着日子。在中国的各式各型人中，这种人是可以代表一型的。

因为懂相法，看过标生是有起色的相，在许多兵士中，这好性情人对他是特别有过好意的。这好意又并不是为有所希望而来，这好性情人就并不因为一种功利观念能这样做人的。

见到他上楼了，就请坐。在往天，副兵若在，应当倒茶，因为虽然是兵，但营上的兵不是属于书记官管辖。在一种很客气的款待上，他的一个普通兵应有的拘束也去掉了，就可以随便谈话，吃东西，讨论小说上各个人物的才干与性情。如今的他，原是来看看这好人，近于告别的，就不即坐。

“天气好，到些什么地方玩过没有？”

“玩过了的。”

“这几天好钓鱼，我那一天从溪边过身，一只大鲫鱼拨剌，有脚板大，訇的吓了我一跳，心想若是有小朋友在，就跳下水去摸它来，可以吃一顿。”

“书记官能泅水吗？”

“咄，我小时能够打汆子过乡里大河公安殿前面！”

“近来行不行？”

“到六月间我们去坝上试试吧。吃了烟，十年不敢下水了，不过我威风是还在的，你不要小看我。我问你，你怎么样呢？”

“书记官会看相，你猜吧。”

“我看你不错，凡是生长在黄罗寨的，不会泅水也不至于一到河里就变秤锤。”

“不会水。因为家里怕淹死，不准洗澡。”

“那为什么不逃学悄悄的去洗澡？我们小时在馆内念书，放午学时先生在每人手心上写一银朱字，回头字不见了就打板子，你说，我们怎么办？洗还是洗！六月间不洗几个澡那还成坏学生吗？我们宁愿意挨打也去洗。这种精神是要的。小孩子的革命精神你说可不可佩服。”

听到书记官说这一类笑话，他不由得不笑了。但他想到的，是过几天这时的书记官，会不会同别人说到今天的自己？他又想这永远是小孩子心的人，若是知道在面前的人，就是将从营伍中逃走的人，将来逃兵名册上就应当由书记官写上一个名字，这时是不是还来说这些为小孩子说的话?

书记官每天吃烟，喝酽茶，办公事，睡晏觉，几年也从不变更过生活的，当然这时料不到面前的人是正有着一种计画的人了。

“标标，你会上树不会？”

他摇头。

“扯谎，我前不久就看到你同一个弟兄在后山大松上玩。”

“我是用带子才能上树的。”

“那当然，不用带子除非是黄天霸——嗨，我忘记了，我买得许多新书了，你来看。”书记官说着，就放下了那水烟袋，走到床边去，开他那大篾箱子，取出一些石印书，“这是《红楼梦》，这是……以后有书看了，有古学了；标标，你的样子倒象贾宝玉！”

他笑着，从窗罅处望外面，见到天气仍然很早，不好意思就要走。他心上为明天的事情所缚定，对于书，对于书记官，对于书记官所说的话，全不能发生往日的兴味了。他愿意找个机会谈一点他以后的事，可是这好性情的人总不让他有这机会。

书记官谈了一阵笑了一阵以后，倒到烟盘旁预备烧烟了，他站在那里还不坐下。

“坐！”

“我要走了。”

“有什么事情？”

“没有事情。”

“没得事情不要走。回头等我副兵来，要他买瓜子去，三香斋有好葵花同玫瑰瓜子，比昨几天那个还大颗。”

“……”

“你想些什么，是不是被人欺侮了，要报仇？”

“没有的事。”

“我小时候可是成天同人打架，又不中用，打输了，回家就只想学剑仙报仇，杀了这人。如今学剑不成已成仙了，仇人来我就是这样一枪！”

所谓“一枪”者，原来是把烟泡安置在烟斗火口妥当后，双手横递过去的一种事情。这人是真有点仙气的人了。他见到这书记官无人无我的解脱情形，他只能笑。书记官同他大约是无仇恨的，所以就从不曾把烟枪给他。

这时，他倒很愿在灯旁靠靠，只要书记官说一声请，就倒下了。

书记官自己吸了一泡烟，喝了一口茶，唱了一声“提起了此马来头大”，摇摇的举起了身子。

他见到这样子，如同见到那火夫相打相扑一样的难受，以为不走可不行了，就告辞。

“要走了。”

“谈谈不好么？”

“想要到别处去看看。”

“要书看不要，这里很多，随便拿几本去。”

“不想看书，有别的事要做。”

“不看书是好的，象你这样年纪，应当做一点不庄重的事情，应当做点冒险事情，才合乎情调。告给我，在外面是不是也看上过什么女子没有？若是有了，我是可以帮忙的，我极会做媒，请到我的事总不至于失败。”

“将来看，或者有事情要麻烦书记官的。”

“很有些人麻烦我，我的副兵早看透了我，处处使我为难，也奈何他不得。”

“书记官，那再会。”

“明天会。”

他于是从那嵌有“入相”二字匾额的门后下楼了，书记官送到楼口，还说明天再见。

他下了楼，天气仍然很早，离入夜总还有三个小时。

今天的天气真似乎特别了，完全不象往天那么容易过去，他在太阳下再来想想消磨这下半日的方法，又走到一个洗衣处去还账。到了洗衣服那人家，正见到书记官的小副兵从那屋里出来，象肚中灌了三两老酒，走路摇摇摆摆，送出大门的是那个洗衣妇人。将要分手，这小副兵望了一望，见无上司，就同妇人亲了一个嘴。妇人关上腰门，副兵赶快的走了，他才慢慢的走过去拍门。妇人出来开门，见到来的是长得整齐出众的人物来了，满脸堆笑，问是洗了些什么衣，什么号码。

“不是洗衣，我来还你点钱，前些日子欠下的。”

“副爷要走了吗？”

“不。因为手边有钱，才想到来还你的！”

“点点儿衣服那算什么事？”

“应当要送的。”

“什么应当不应当……”妇人一面说，一面系裤子，裤子是松了还是故意，他是不明白的。

单看到这妇人眉眼的风情，他就明白书记官那不到十五岁年龄的小护兵，为什么迟迟不回营的理由了。他明白这妇人是同样的如何款待了营中许多年青人的。他记起书记官说的笑话，对于这妇人感到一种厌烦，不再说什么话，就把应当给她的四百钱掏出，放到这人家门边一条长凳上，扬长的走了。

奇怪的是天还那样早，望它即刻就夜简直是办不到。他应当找一点能够把时间忘去的事情做做，赌博以及别的，可惜他又完全不熟。

兵士的揪打，火夫的戏谑，书记官的烟枪，洗衣妇人的风情，都各有其主，非为他而预备得如此周全。在往日，这一切，似乎还与他距离极近，今天则仿佛已漠不相关了。

他数了一数板袋中所有的钱，看够不够买半斤糖，钱似乎还多，就走到庙前大街去。

大街上，南食店杂货店酒店铺柜里，都总点缀了一两个长官之类。照例这种地方是不缺少一个较年青的女当家人，陪到大爷们谈话剥瓜子的。部中人员既终日无所事事，来到这种地方，随意的调笑，随意的吃红枣龙眼以及点心，且一面还可造福于店主，因为有了这种大爷们的地方，不规矩的兵士就不敢来此寻衅捣乱，军队原就是保国保民的，如此一来岂不是两全其美。

副官，军法，参谋，交际员，军需，司务长，营副，营长，支队长，大队长……若是有人要知道驻在此地的一个剿匪司令部的组织，不必去找取职员名册，只要从街南到街北，挨家铺子一问，就可以清清楚楚了。他们每天无事可做，少数是在一种热情的赌博中消磨了长日，多数是各不缺少一种悠暇的情趣坐在这铺柜中过日子的。他们薪水不多却不必用什么钱。他们只要高兴，三五个结伴到乡下去，藉口视察地形或调查人口，团总之类总是预备得很丰盛的馔肴来款待的。他们同本地小绅士往来，在庆吊上稍稍应酬，就多了许多坐席的机会。他们都能唱一两段京戏，或者《卖马》，或者《教子》，或者《空城计》、《滑油山》，其中嗓子洪亮的实不乏其人，在技术上，也有一着衣冠走上台去，就俨然有余叔岩扮刘备的神气的。他们吃醉了酒，平素爱闹的，就故意寻衅吵一会儿，或者与一个同僚稍稍动点武，到明天又同在一桌喝酒，前嫌也就冰释了。

总之他们是快乐的，健康的，不容易为忧愁打倒也不容易害都会中人杂病的。

他在一个槽坊发现了军法长，在一个干鱼店又发现了交际长同审计员，在一个卖毛铁字号却遇到三个司书生。不明白他们情形的，还会以为是这人家的中表亲，所以坐在铺子里喝茶谈天，不拘内外。

他不能不笑。

他到了他所要到的那个糖铺门前，要进去，就听见里面有人喊闹，又有人劝，原来正有许多人坐在堂屋中猜拳吃酒。他装作无心的样子慢慢走近这铺子，看到三个上司在里面，就索性走过这一家了。

一切空气竟如此调和，见不出一点不妥当，见不出一点冲突。铺子里各处有军官坐下，街上却走着才从塘里洗澡回来的鸭子，各个扁着嘴呷呷的叫，拖拖沓沓的在路中心散步，一振翅则雨点四飞，队伍走过处，石板上留下无数三角形脚迹。全街除了每一处都有机会嗅闻得到大烟香味外，还有一个豆腐铺，泡豆子的臭水流到街上发着异味，有白色泡沫同小小的声音。

不知从什么地方而来，来到这里解送犯人的，休息在饭馆里。三五个全副武装的朋友蹲到灶边烘草鞋。犯人露出无可奈何的颜色，两手被绳子反缚，绳的一端绑在烧火凳上或廊柱上。饭店主人口上叼着长烟袋，睥睨犯人或同副爷谈天。

求神保佑向神纳贿的人家，由在神跟前当差的巫师，头包了大红绸巾，双手持定大雄鸡，很野蛮的一口把鸡头咬下。主人一见红血四溢，便赶忙用纸钱蘸血，拔鸡胸脯毛贴到大门上，于是围着观看的污浊小孩，便互相推挤，预备抢爆仗。

街上卖汤圆的，为一些兵士包围，生意忙到不知道汤圆的数目，大的桶锅内浮满了白色圆东西，只见他用漏瓢忙舀。

……

一切都快与他离开了。这一切一切，往日似乎全疏忽过去，今天见到为一种新的趣味所引起，他在一种悒郁中与这些东西告别了。

他又不买糖了，走到溪边去，果然如书记官所说，溪中桃花水新涨，鱼肥了。许多上年纪的老兵蹲在两岸钓鱼，桥头上站了许多人看。老兵的生活似乎比其他人更闲暇了，得鱼不得鱼倒似乎满不在乎，他们象一个猫蹲到岸旁，一心注意到钓竿的尖与水面的白色浮子。天气太暖和了，他们各把大棉袄放到一旁，破烂的军服一脱，这些老兵纯农民的放逸的与世无关的精神又见世了。过年了他们吃肉，水涨了他们钓鱼，夜了睡觉，他们并不觉得他们与别人是住在两个世界。

他就望到这些老兵，一个一个望去，溪的一带差不多每两株杨柳间便有一个这样人物。静极了，除了水在流，没有其它声音。间或从一个人口里喷出一口烟，便算是在鱼以外分了这种人心的事情了。

鱼上钩了，拨刺着，看的人拍着手，惊呼着，被钩着了嘴巴的鱼也象本来可以说话的东西，在这种情形下不开口了，在一个老兵手上默默的挣扎一番，随后便被掷到篾篓里去，在篓中埋怨自己去了。

太阳又光明又暖和，他感到不安。

他看了一阵这些用命运为注，在小铁钩蚯蚓上同鱼赌博的人，又看了看天上的太阳，还想走。

走到什么地方去？

他从水记起水闸，他听到水车的声音，就沿溪去看成天转动的那水磨。

他往日就欢喜这地方。这里有树，有屋，上了年纪的古树同用石头堆起的老磨坊，身上爬满了秋老虎藤，夏天则很凉快，冬天又可以看流水结成的冰柱。如今是三月，山上各处开遍映山红花，磨坊边坎上一株桃，也很热闹的缀上淡红的花朵了。他走到磨坊里面去，预备看那水磨。这东西正转动着，象兵士下操做跑步走，只听到脚步声音。小小的房子各处飞着糠灰，各处摆有箩筐。他第一眼望到的还是那个顶相熟的似乎比这屋子还年老一点的女主人，这个人不拘在什么时候都是一身糠灰，正如同在豆粉里打过滚的汤圆一样，她在追赶着转动的石碾，用大扫帚扑打碾上的米糠，也见到了他。

她并不歇气，只大声的说："成副爷，要小鸡不要？我的鸡孵出了！"于是，她放下了扫帚，走出了磨坊，引他到后面坪里去看鸡窠。

他笑着，跟了这妇人走上坎去。

他见到小鸡了，由这妇人干瘪瘪的手从那一个煤油箱里抓出两只小鸡来，只是吱吱的叫，穿的是崭新淡黄色细茸茸的毛衣褂，淡白的嘴巴，淡白的脚，小眼睛光光的象水泡。这小东西就站在他手心里，不知道害怕也不知道顽皮。

“带四只回去，过五天就行了，我为你预备得有小笼。”

“……”

“它能吃米头了，可以试。”

“……”

“要花的要白的？这里是一共二十六只，我答应送杨副爷四只，他问我要过。你的我选大的。”

他找不出话可说，他不说要也不说不要。他在这里，什么都是他的，太阳，戏台，书记官，糖，狗肉，钓鱼，以至于鸡，要什么有什么。可是到明天后天，他要这些有什么用处？好的东西与好习惯他不能带走，他至多只能带走一些人的好情分，他将忍苦担心走七天八天的路，就是好情分带得太多，也将妨碍了他走路的气力。

他只能对这老妇人笑。

一种说不分明的慈爱，一种纯母性的无所求的关心，都使他说不出话。此后过三天五天，到知道了人已逃走，将感到如何寂寞，他是不敢替她设想的。他只静静的望这个妇人的白发同脸同身体。

可怜的人，她的心枯了，象一株空了心的老树，到了春天，还勉强要在枝上开一朵花，生一点叶。她是在爱这个年青人，象母亲祖母一般的愿意在少年人心中放上一点温柔，一点体恤，与一点……

他望到这妇人就觉到无端忧愁。

他重复与老妇人回到磨坊。他问她可不可以让他折一枝桃花。

“欢喜折就折，过几天就要谢了。”

“今年这花开得特别好，见了也舍不得折了。”

“不折也要谢，这花树他们副爷是折了不少的，你看；那大一点的桠枝。我这老婆子还要什么花，要折就折，我尽他们欢喜！”

“那我来折一小枝。”

他就攀那树，花折得了，他拿在手，道了谢。

“你什么时候来拿鸡？”

“过一会吧。”

老妇人就屈指数：“今天初六，初七，初八，……到十一来好了，慢了恐怕他们争到要，就拿完了。”

“你告给他们说我要了，就不会强取了。”

“好好，那样吧，明天你再来看它们吃米，它们认得出熟人，当真的！”

他走了，妇人还在絮絮的嘱咐，不知为什么缘故，他忽然飞跑着了，妇人就在后面大声说小心小心。

天夜了。

正如属于北方特有的严冬白雪的瑰丽，是南国乡镇季春的薄暮。

生养一切的日头落到山后去了。

太阳一没，天气就转凉了，各处是喇叭声音。站到小山上去看，就可见到从洞中，从人家烟囱里，从山隈野火堆旁，滋育了种子，仿佛淡牛奶一样的白色东西，流动着，溜泻着，浮在地面，包围了近山的村落，纠缠于林木间。这是雾。自由而顽皮的行止，超越了诗人想象以上的灵动与美丽。

与大地乳色烟霭相对比的，是天边银红浅蓝的颜色，缓缓的在变。有些地方变成深紫了，因此远处的山也在深紫中消失了。

喇叭的声音，似有多处，又似只有一处，扬扬的，忧郁的，不绝的在继续。

他能想到的，是许多人在这时候已经在狗肉锅边围成一圈，很勇敢的下箸了。他想到许多相熟的面孔，为狗肉、烧酒以及大碗的白米饭所造成的几乎全无差异的面孔。他知道这时火夫已无打架的机会，正在锅边烧火了。他知道书记官这时必定正在为他那副兵说剑仙采花的故事。他知道钓鱼的老兵有些已在用小刀刮他所得大鱼的鳞甲了。他知道水碾子已停止唱歌，老妇人已淘米煮饭了。

他望镇上，镇上大街高墙上的鸱头与烟囱，各处随意的矗起，喇叭的声音就象从这些东西上面爬过，又象那声音的来源就出于这些口中。他又望远处，什么地方正在焚柴敬神，且隐隐听到锣鼓声音。

他有一种荒山的飞鸟与孤岛野兽的寂寞，心上发冷，然而并不想离开此地。

似乎不能自立，似乎不能用“志气”一类不可靠的东西把懦弱除去，似乎需要帮助或一种鼓励才能生活，他觉到了。他用右手去摸坐着的那坚硬的岩石，石头发着微温，还含着日间的余热，他笑着，把左手，也放到那石上。

今天已经完了。

（小兵的故事之一）

一九二九年四月作

三个男人和一个女人

因为落雨，朋友逼我说落雨的故事。这是其中最平凡的一个。它若不大动人，只是因为它太真实。我们都知道，凡美丽的都常常不是真实的，天上的虹同睡眠的梦，便为我们作例。

没有什么人知道军队中开差要落雨的理由。

我们自己是找不出那个理由的。或者这事情团部的军需能够知道，因为没有落雨时候，开差的草鞋用得很少，落了雨，草鞋的耗费就多了。落雨开差对于军需也许有些好处。这些事我们并不清楚，照例非常复杂，照例团长也不大知道，因为团长是穿皮靴的。不过每次开拔总同落雨有一种密切关系，这是本年来我们的巧遇。

在大雨中作战，还需要人，在雨里开差，我们自然不应当再有何种怨言了，雨既然时落时止，部队的油布雨衣，都很完全。我们前面办站的副官，从不因为借故落雨，便不把我们的饮食预备妥当。我们的营长，骑在马上，尽雨淋湿全身，也不害怕发生疟疾。我们在雨中穿过竹林，或在河边茅棚下等候渡船，因为落雨，一切景致看来实在比平常日子美丽许多。

落了雨泥浆分外多，但滑滑的走着长路，并不使人十分难过。我们是因为落雨，所以每天才把应走的里数缩短的。我们还可以在方便中，借故走到一个有青年妇人的家里去，说几句俏皮话，打个哈哈，顺便讨取几张棕衣，包到脚上。我们因为落雨，才可以随便一点，同营长在一个小盆里洗脚。一个兵士还能够有机会同营长在一个盆里洗脚，这出乎军纪风纪以上的放肆，在我们那时节，是不什么容易得到的机会！

队伍走了四天，到了我们要到的地点。天气是很有趣味的天气，等到队伍已经达到目的地，忽然放了晴，有太阳了。一定有许多人要笑它，以为太阳在故意同我们作对。好吧，这个我们可管不了许多。我们是移到这里来填防的，原来所驻的军队早已走了，把部队开来补缺，别人做什么无聊事我们还是要继续来作。

乘满天红霞夕阳照人时，我们有一营人留在此地了。另外一营人，今天晚上虽然也留在此地，第二天就得开拔到一个五十里外的镇上去。那些明天还要开拔的，这时节已全驻扎到各小客栈同民房，我们却各处去找寻应当驻宿的地点。因为各个部队已经分配好了，我们的旗子插到杨家祠堂，可是一连人中谁也不知道这杨家祠堂的方向，只是在街中乱抓别一连的兵士询问。

原来杨家祠堂有两个，我们找了许久，找到的还是好象不对。因为这祠堂太小，太坏，内中极其荒凉。但连长有点生气，他那尊贵的脚不高兴再走一步了。他说，这里既然是空的，就歇息一下，再派人去问吧。我们全是走了一整天长路的人，我们还看到许多兵士，在民房里休息，用大木盆洗脚，提干鱼匆匆忙忙的向厨房走去。倦了饿了，都似乎有了着落，得到解决，只有我们还在这市镇街上各处走动，象一队无家可归的游民。现在既然有了个歇脚地方，并且时间又已经快夜了，所以谁也不以为意，都在祠堂外廊下架了枪，许多人都坐在那石狮子下，松解身上的一切负荷。

一个年青号兵不知从什么地方得来了一个葫芦，满葫芦烧酒，一个人很贪婪的躲到墙脚边喝它。有些兵士见到了都去抢这葫芦，到后葫芦打碎，所有酒全泼在还不十分干燥的石地上了。号兵发急，大声的辱骂，而且追打抢劫他的同伴。

连长听到这个吵闹，想起号兵的用处，就要号兵吹号探问团部。号兵爬到石狮子上去，一手扳着那为夕阳所照及的石狮，一手拿着那支紫铜短小喇叭，吹了一通问答的曲子，声音飘荡到这晚风中，极其抑扬动人。

其时满天是霞，各处人家皆起了白白的炊烟，在屋顶浮动。许多年青妇人带着惊讶好奇的神气，身穿新浆洗过的月蓝布衣裳，胸前挂着扣花围裙，抱了小孩子，远远的站在人家屋檐下看热闹。

那号兵，把喇叭吹过后，就得到了驻在山头庙里团部的回音。连长又要号兵用号声，询问是不是本连就在这祠堂歇脚。那边的答复还是不能使我们的连长满意。于是那号兵，第三次又鼓着那嘴唇，吹他那紫铜喇叭。

在街的南端来了两只狗，有壮伟的身材，整齐的白毛，聪明的眼睛，如两个双生小孩子，站在一些人的面前。这东西显然是也知道了祠堂门前发生了什么事情，特意走来看看的。

这对大狗引起了我们一种幻想。我们的习惯是走到任何地方看到了一只肥狗，心上就即刻有一个杀机兴起，极难遏止的。可是另外还有更使人注意的，是听到有一个女子的声音喊“大白”、“二白”，清朗而又脆弱，喊了两声，那两只狗对我们望望，仿佛极其懂事，知道这里不能久玩，返身飞跑去了。

天快晚了。满天红云。

我们之间忽然发生了一个意外的变故。那号兵，走了一整天的路，到地后，大家皆坐下休息了，这年青人还爬上石狮子去吹了好几次号。到后脚腿一发麻，想从石狮子上跳下时，谁知两脚已毫无支持他那身体的能力，跳到地下就跌倒不能爬起，一双脚皆扭伤了筋，再也不能照平常人的方便走路了。

这号兵是我同乡，我们在一个堡砦里长大，一条河里泅水过着夏天，一个树林子里拾松菌消磨长日。如今便应当轮到我来照料他了。

一个二十岁的人，遭遇这样的不幸，那有什么办法可言！因为连长也是同乡，号兵的职务虽不革去，但这个人却因为这不幸的事情，把事业永远陷到号兵的位置上了。他不能如另外号兵，在机会中改进干部学校再图上进了，他不能再有资格参加作战剿匪的种种事情了，他不能再象其他青年兵士，在半夜里爬过一堵土墙去与本地女子相会了。总而言之，便是这个人做人的权利，因为这无意中一摔，一切皆消灭无余，无从补救了。

我因为同乡缘故，总是特别照料到这个人。我那时是一个什长，我就把他放在我那一棚里。这年青人仍然每早得在天刚发白时候爬起，穿上军衣，弄得一切整齐，走到祠堂外边石阶上去，吹天明起床号一通。过十分钟，又吹点名号一通。到八点又吹下操号一通。到十点又吹收操号一通……此外还有许多次数，都不能疏忽。军队到了这里，半月来完全不下操，但照规矩那号兵总得尽号兵的职务。他每次走到外边去吹他的喇叭时，都得我照扶他。我或者没有空闲，这差事就轮着班上一个火夫。

我们都希望他慢慢的会转好，营部的外科军医，还把十分可信的保证送给这个不幸的人。这年青人两只腿被军医都放过血，揉搓过许久，且用药烧灼过无数次，末了还用杉木板子夹好。日子一天一天的过去，还是得不到少许效验，我们都有点失望了，他自己却不失望。

他说他会好的，他只要过两个月就可以把杉木夹板取去，可以到田里去追赶野兔了。听到这个话老军医便笑着，因为他早知道这件事是青年人永远无可希望的事情，不过他遵守着他做医生的规则，且法律又正许可这类人说谎，所以他约许给这个号兵种种利益，有时比追兔子还夸张得不合事实。

过了两个月，这年青人还是完全不济事。伤处的肿已经消了，血毒症的危险不会有了，伤部也不至于化脓溃烂了，但这个号兵，却已完全是一个瘸脚人了。他已经不要人照料，就可以在职务上尽力了。他仍然住在我那一棚里，因为这样，我们两人之间，成立了一种最好的友谊。

我们所驻在的市镇，并不十分热闹，但比起湘边各小城市，却另有一种风味。这里只四条大街，中央一个鼓楼操纵全城。这里如其他地方一样，有药铺同烟馆，有赌博地方同喝酒地方。我每天差不多都同这个有残疾的号兵在一处过活，出去时总在一块，喝酒两人帮忙，赌博两人拉伴平分。

若果部队不开拔，这年青人仍然有一切当兵人的幸福。凡是一个兵士能做到的事，他仍然可以有分。他要到那些有年青妇人的住处去，妇人们都不敢得罪他。他坐上桌子赌五十文一注的二十一点扑克，别人也不好意思行使欺骗。他要吹号，凡是在过去没有赶得过他的，如今还是不会超过他。大家知道这个号兵的不幸，还不约而同的帮助这个人。

但他的性情，在我看来，有些地方却变了。他是一个号兵，照例一个号兵，对于他的喇叭应当有一种特殊嗜好，无事时到各处走去，喇叭总不能离身。他一定还是一个动作敏捷活泼喜事的人。他可以在晨光熹微中，爬到后山头或城堡上去试音，到了夜里，还要在月光下奏他的曲子，同远远的另一连互相唱和。别的连上的号手，在逢场时节，还各人穿了整齐的制服，排队到场上游行，成列的对本城人有所炫耀，说不定其中就有意外的幸运发生，给那些藏在腰门后面，露出一个白白额角同黑亮眼睛的妇女们注了意。还有，他若是行动自由而且方便，拿喇叭到山上去吹，会有多少小孩子，带着微微的害怕，围拢来欣赏这大人物的艺术，他就可以同那些小孩子成立一种友谊。慢慢地，他就得到许多小朋友了。

属于号兵分外的好处，一切都完了。他仅有的只是一点分内的职务。平时好动喜事的他，有点儿阴郁，有点儿可怜。他的脚已经瘸了。连长当人面前就大声的喊瘸子。为了一种方便，为了在辨别上容易认出，自从这号兵一瘸，大家都在他的号兵名字加上了“瘸子”两字，本连火夫也有了这一种权利对这个人存轻视心，轻轻的互相批评这不幸的人，且背地里学这人的行动作为娱乐。

在先，对于号兵的职务，他仍然如一个好人一样，按时站在祠堂门外，或内面殿堂前石阶上，非常兴奋的吹他的喇叭。后来因为本连补下一个小副手，等到小号兵已经能够较正确的吹完各样曲子时，他就不常按时服务了。

他同我每天都到南街一个卖豆腐的人家去，坐在那大木长凳上，看铺子里年青老板推浆打豆腐。这铺子对面是一个邮政代办所，一家比本城各样铺子还阔气的房子，从对街望去，看得见铺子里油黄大板壁上挂的许多字画，许多贴金洒金的对联。最初来的那一天，我们所见到的那两只白色大狗，就是这人家所豢养的东西。这狗每天蹲在门前，遇熟人就站起身来玩一阵，后来听到一个人的叫唤，便显得匆匆忙忙，走到有金鱼缸的门里天井去了。

我们难道是靠着白吃一碗豆浆，就成天来赖到这铺子里面么？我们难道当真想要同着年青老板结拜兄弟，所以来同这个人要好么？

我们来到这里有别的原因。但是，两个兵士，一个是废人，一个虽然被人家派为什长，站班时能够走出队伍来喊报名，在弟兄中有一种权利，在官长方面也有一种权利，俨然是一个预备军官，更方便处是可以随意用各样希奇古怪的名称，辱骂本班的火夫，作为脾气不好时节的泄气方法。可是一到外面，还有什么威武可说？一个班长，一连有十个或十二个，一营有三十六个，一团就有一百以上。什长的肩领章，在我们这类人身上，只是多加一层责任罢了。一个兵士的许多利益，因为是班长，却无从得到了。一个兵士有许多放肆处，一个班长也不许可了。若有人知道作战时班长同排长的责任，谁也将承认班长的可怜悯了。我到这儿是不以班长自居的，我擅用了一个兵士的权利，来到这豆腐铺。虽然我们每天总不拒绝由那个单身的强健的年青人手里，接过一碗豆浆来喝，我们可不是为吃豆浆而上门的。我们两人原来都看中了那两只白狗，同那狗的女主人了。癞蛤蟆想吃天鹅肉，这句话恰象为我们说的。

说起这女人真是一个标致的动物！在我生来还不曾见到有第二个这样的女子。我看过许多师长的姨太太，许多女学生。第一种人总是娼妓出身，或者做了太太，样子变成娼妓。第二种人壮大得使我们害怕，她们跑路，打球，做一些别的为我们所猜想不到的事情，都变成了水牛。她们都不文雅，不窈窕。至于这个人呢，我说不出完全合意的是些什么地方，可是不说谎，我总觉得这是一朵好花，一个仙人。

我们一面服从营规，来时服从自己的欲望，在这城里我们不敢撒野，我们却每天到这豆腐铺子里来坐下。来时同年青老板谈天，或者帮助他推磨、上浆、包豆腐，一面就盼望那女人出门玩时，看一看那模样。我们常常在那二门天井大鱼缸边，望见白衣一角，心就大跳，血就在全身管子里乱窜乱跑。我们每天想方设法花钱买了东西，送给那两只狗吃，同它们要好。在先，这两个畜生竟象知道我们存心不良，送它们的东西嗅了一会就走开了。但到后来这东西由豆腐铺老板丢过去时，两条狗很聪明的望了一下老板，好象看得出这并不是毒药，所以吃下了。

为什么我们要在这无希望的事业上用心，我们自己也不知道。按照我们的身分，我们即或能够同这个人家的两条狗要好，也仍然无从与那狗主人接近。这人家是本地邮政代办所的主人，也就是这小城市唯一的绅士，他是商会的会长，铺子又是本军的兑换机关。时常请客，到此赴席的全是体面有身分的人物，团长同营长，团副官，军法，军需，无不在场。平常时节，也常常见营部军需同书记官到这铺子里来玩，同那主人吃酒打牌。

我们从豆腐铺老板口上，知道那女人是会长最小的姑娘，年纪还只有十五岁。我们知道一切无望了，还是每天来坐到豆腐铺里，找寻方便，等候这娇生惯养的小姑娘出外来，只要看看那明艳照人的女人一面，我们就觉得这一天太快乐了。或者一天没有机会见到，就是单听那脆薄声音，喊叫她家中所豢养狗的名字，叫着大白二白，我们仿佛也得到了一种安慰。我们总是痴痴的注想到那鱼缸，因为从那里常常可见到白色或葱绿色衣角，就知道那个姑娘是在家中天井里玩。

时间略久，那两只狗同我们做了朋友，见我们来时，带着一点谨慎小心的样子，走过豆腐铺来同我们玩。我们又恨这畜生又爱这畜生，因为即或玩得很好，只要听到那边喊叫，就离开我们走去了。可是这畜生是那么驯善，那么懂事！不拘什么狗都永远不会同兵士要好的，任何种狗都与兵士作仇敌，不是乘隙攻击，就是一见飞跑；只有这两只狗竟当真成了我们的朋友。

豆腐铺老板是一个年青人，强健坚实，沉默少言，每天愉快的作工，同一切人做生意，晚上就关了店门睡觉。看样子好象他除了守在铺子面前，什么事情也不理，除了做生意，什么地方也不去。初初看来竟不知道这人什么时候吃饭，什么时候去买办他制豆腐的黄豆。他虽不大说话，可是一个主顾上门时节，他总不至疏忽一切的对答。我们问他所有不知道的事情时，他答应得也非常满意。

我们曾邀约他喝过酒，等到会钞时，走到柜上去算账，却听说豆腐老板已先付了账。第二次我们又请他去，他就毫不客气的让我们出钱了。

我们只知道他是从乡下搬来的，间或也有乡下亲戚来到他的铺子里，看那情形，这人家中一定也不很穷。他生意做得不坏，他告诉我说，他把积下的钱都寄回乡下去。问他是不是预备讨一个太太，他就笑着不说话。他会唱一点歌，嗓子很好，声音调门都比我们营里人高明。他又会玩一盘棋，人并不识字，“车”“马”“象”“士”却分得很清楚。他做生意从未用过账簿，但赊欠来往数目，都能用记忆或别的方法记着，不至于错误。他把我们当成朋友看待，不防备我们，也不谄谀我们。我们来到他的铺子里，虽然好象单为了看望那商会会长的小姑娘，但若没有这样一个同我们合得上的主人，我们也不会不问晴雨到这铺子里混了！

我同到我那同伴瘸脚号兵，在他豆腐铺里谈到对面人家那姑娘，有时免不了要说出一些粗话蠢话，或者对于那两只畜生，常常做出一点可笑的行为，这个年青老板总是微笑着，在他那微笑中我们虽看不出什么恶意，却似乎有点秘密。我便说：

“你笑什么？你不承认她是美人么？你不承认这两只狗比我们有福气么？”照例这种话不会得到回答。即或回答了，他仍然只是忠厚诚实而几几乎还象有点女性害臊神气的微笑。

“为什么还好笑？你们乡下人，完全不懂美！你们一定欢喜大奶大臀的妇人，欢喜母猪，欢喜水牛。这是因为你不知道美，不知道好看的东西。”

有时那跛子号兵，也要说：“娘个狗，好福气！”且故意窘那豆腐铺老板，问他愿不愿意变成一只狗，好得到每天与那小姑娘亲近的机会。

照例到这些时节，年青人便红着脸一面特别勤快的推磨，一面还是微笑。

谁知道这是什么意思？谁又一定要追寻这意思？

我们的日子可以说是过得很快乐。因为我们除了到这里来同豆腐老板玩，喝豆浆看那个美人以外，还常常去到场坪看杀人。我们的团部，每五天逢场，总得将从各处乡村押解来到的匪犯，选择几个做坏事有凭据的，牵到场头大路上去砍头示众。从前驻扎在怀化，杀人时，若分派到本连护卫，派一排押犯人，号兵还得在队伍前面，在大街上吹号。到场坪时，队伍取跑步向前，吹冲锋号，使情形转为严重。杀过人以后，收队回营，从大街上慢慢通过，又得奏着得胜回营的曲子。如今这事情跛脚号兵已无分了。如今护卫的完全归卫队，就是平常时节团长下乡剿匪时保护团长平安的亲兵，属于杀人的权利也只有这些人占有了。我们只能看看那悲壮的行列，与流血的喜剧了。我也不能再用班长资格，带队押解犯人游街了。可是这并不是我们的损失，却是我们的好处。我们既然不在场护卫，就随时可以走到那里去看那些杀过后的人头，以及灰僵僵的尸体，停顿在那地方很久，不必须即时走开。

有一次，我们把豆腐老板拉去了，因为这个人平素是没有胆量看这件事的。到那血迹殷然的地方，四具死尸躺在土坪里，上衣已完全剥去，恰如四只死猪。许多小兵穿着不相称的军服，脸上显着极其顽皮的神气，拿了小小竹竿，刺拨死尸的喉管。一些饿狗远远的蹲在一旁，眺望到这里一切新奇事情，非常出神。

号兵就问豆腐老板，对于这个东西害不害怕。这年青乡下人的回答，却仍然是那永远神秘永远无恶意的微笑。看到这年青人的微笑，我们为我们的友谊感觉喜悦，正如听到那女子的声音，感觉生命的完全一个样子。

因为非常快乐，我们的日子也极其容易过去了。

一转眼，我们守在这豆腐铺子看望女人的事情就有了半年。

我们同豆腐老板更熟了些，同那两只狗也完全认识了。我们有机会可以把那白狗带到营里去玩，带到江边去玩，也居然能够得到那狗主人的同意了。

因为知道了女人毫无希望（这是同豆腐老板太熟习了，才从他口中探听到了不少事情的），我们都不再说蠢话，也不再做愚蠢的企图了。仍然每天到豆腐铺来玩，帮助这个朋友，做一切事情。我们已完全学会制造豆腐的方法，能辨别豆浆的火候，认识黄豆的好坏了。我们还另外认识了许多本地主顾，他们都愿意同我们谈话，做我们的朋友。主顾是营里兵士时，我们的老板，总要我多多的给他们豆腐，且有时不接受主顾的钱。我们一面把生活同豆腐生意打成一片，一面便同那两只白狗成了朋友，非常亲昵，非常要好。那小姑娘的声音，虽仍然能够把狗从我们身边喊叫回去，可是有时候我们吹着哨子，也依然可以嗾使那两条狗飞奔的从家中跑出来。

我们常常看见有年青的军官，穿着极其体面的毛呢军服，白白的脸庞，带着一点害羞的红色，走路时胸部向前直挺，用那有刺马轮的长统黑皮靴子，磕着街石，堂堂的走进那人家二门里去，就以为这其中一定有一些故事发生，充满了难受的妒意。我到底是懂事一点的人，受了这个打击，还知道用别的方法安慰到自己，可是我的同伴瘸脚号兵，却因此大不快乐。我常常见他对那些年青官佐，在那些人背后，捏起拳头来作打下的姿势。又常常见他同豆腐铺老板谈一些我不注意到的事情。

有一次在一个小馆子里，各人皆喝多了一点酒，忘了形，我说过这样的话，我向那跛脚的残废人说：

“你是废人，我的朋友，我的庚兄，你是废人！一个小姐是只嫁给我们年青营长的。我们试去水边照照看，就知道这件事我们无分了。我们是什么东西？四块钱一月，开差时在泥浆里跑路，驻扎下来就点名下操，夜间睡到稻草席垫上给大臭虫咬，口是吃牛肉酸菜的口，手只捏那冰冷的枪筒……我们年青，这有什么用！我们只是一些排成队伍的猪狗罢了，为什么对于这姑娘有一种野心？为什么这样不自量？……”

我那时的确已有了点醉意，不知道应当节制语言，只是胡胡涂涂，教训这个平时非常听好话的朋友。我似乎还用了许多比喻，提到他那一只脚。那时只是我们两个人在一处，到后，不知为什么理由，这朋友忽然改变了平常的脾气，完全象一只发疯了的兽物，扑到我的身上来了。我们于是就揪打成一堆，各人扭着对方的耳朵，各人毫不虚伪的痛痛的打了一顿。我实在是醉了，他也是有点醉了。我们都无意思的骂着闹着，到后有兵士从门外过身，听到里面吵闹，象是自己人，才走进来劝解，费了许多方法才把我们拉开。

回到连上，各人呕了许多，半夜里，我们酒醒了，各人皆因为口渴，爬起来到水缸边拿水喝。两人喝了好些冷水，皆恍恍惚惚记起上半夜的事情，两人都哭起来。为什么要这样斗殴？什么事使我们这样切齿？什么事必须要这样作？我们披了新近领下的棉军服，一同走到天井去看快要下落的月亮，如一个死人的脸庞。天空各处有流星下落，作美丽耀目的明光。各处有鸡在叫。我们来到这里驻防，我这个朋友跌坏了腿的那时，还是四月，如今已经是十月了。

第二天，两人各望着对方的浮肿的脸，非常不好意思。连上有人知道了我们的殴打，一定还有人担心我们第二次的争斗，可料不到昨夜醉里的事情，我们两人早已忘记了。我们虽然并不忘却那件事，但我们正因为这样，友谊似乎更好了些。

两人仍然往豆腐铺去，豆腐老板初初见到，非常惊讶，以为我们之间一定发生重大的事故。因为我们两人的脸有些地方抓破了，有些地方还是浮肿，我们自己互相望到也要发笑。

到后还是我来为我们的朋友把事情说明，豆腐老板才清楚这原委。我告诉他说，我恍惚记忆得我说了许多胡涂话，我还骂他是一只瘸脚公狗，到后，不知为什么两人就揉在一处了。幸好是两人都醉了，手脚无力，毫不落实，虽然行动激烈，却不至于打破头。

这时那个姑娘走出门来，站在她的大门前，两只白狗非常谄媚的在女人身边跳跃，绕着女人打圈，又伸出红红的舌头舔女人的小手。

我们暂时都不说话了，三个人望到对面。后来那女人似乎也注意到我们两人脸上有些蹊跷，完全不同往日，便望着我们微笑，似乎毫不害怕我们，也毫不疑心我们对她有所不利。可是，那微笑，竟又俨然象知道我们昨晚上的胡闹，究竟是为了一些什么理由。

我那时简直非常忧郁，因为这个小姑娘竟全不以我们为意，在那小小的心里，说不定还以为我们是为了赚一点钱，同这豆腐老板合股做生意，所以每天才来到这里的。我望了一下那号兵，他的样子也似乎极其忧郁，因为他那只瘸腿是早已为人家所知道了的，他的样子比我又坏了一点，所以我断定他这时心上是很难受的。

至于豆腐老板呢，我不知道他是有意还是无意，这时节正露着强健如铁的一双臂膊，扳着那石磨，检察石磨的中轴有无损坏。这事情似乎第三次了。另一回，也是在这类机会发现时，这年青诚实单纯的男子，也如今天一样检察他的石磨。

我想问他却没有开口的机会。

不到一会儿，人已经消失到那两扇绿色贴金的二门里不见了。如一颗星，如一道虹，一瞬之间即消逝了。

留在各人心灵上的是一个光明的符号。我刚要对着我的瘸腿朋友作一个会心的微笑，我那朋友忽然说：

“二哥，二哥，你昨晚上骂得我很对，骂得我很对！我们是猪狗！我们是阴沟里的蛤蟆！……”

因为号兵那惨沮样子，我反而觉得要找寻一些话语，安慰这个不幸的废人了。我说：

“不要这样说吧，这不是男子应说的话。我们有我们的志气，凭这志气凡事都无有不可以做到。万丈高楼平地起，我们要做总统，做将军，一个女人，算不了什么希奇。”

号兵说：“我不打量做总统，因为那个事情太难办到。我这双脚，娘个东西，我这双脚！……”

“谁不许你做人？你脚将来会想法子弄好的，你还可以望连长保荐到干部学校去念书。你可以同他们许多学生一样，凭本领挣到你的位置。”

“我是比狗都不如的东西。我这时想，如果我的脚好了，我要去要求连长补个正兵名额。我要成天去操坪锻炼……”

“慢慢的自然可以做到，”我转头向豆腐老板望着，因为这年青人已经把石磨安置妥当，又在摇动着长木推手了，“我们活下来真同推磨一样，简直无意思。你的意思以为怎么样？”

这汉子，对于我说的话好象以为同我的身分不大相称，也不大同他的生活相合，还是同别一时节别一事情那样向我微笑。

我明白了，我们三个人同样的爱上了这个女子。

十月十四，我被派到七十里外总部去送一件公文，另外还有些别的工作，在石门候信住了一天，路上来回消磨了两天。

回转本城把回文送过团部，销了差，正因为这一次出差，得六块钱奖赏，非常快乐，预备回连上去打听是不是有人返乡，好把钱寄四块回去办冬天的腊肉。回连上见到瘸子，我还不曾开口，那号兵就说：

“二哥，那个女人死了！”

这是什么话？

我不相信，一面从容俯下身去脱换我的草鞋。瘸子站在我面前，又说是“女人死了”，使我不得不认真了。我听清楚这话的意义后，忽然立起，简直可说是非常粗暴的揪着了这人的领子，大声询问这事真伪。到后他要我用耳朵听听，因为这时节远处正有一个人家办丧事敲锣打鼓，一个唢呐非常凄凉的颤动着吹出那高音。我一只脚光着，一只脚还笼在湿草鞋里，就拖了瘸子出门。我们同救火一样向豆腐铺跑去，也不管号兵的跛脚，也不管路人的注意。但没有走到，我已知道那唢呐锣鼓声音，便是由那豆腐铺对面人家传出。我全身发寒，头脑好象被谁重重的打击了一下，耳朵发哄哄的声音。我心想，这才是怪事！才是怪事……

我静静的坐在那豆腐铺的长凳上时，接过了朋友给我的一碗热豆浆。豆腐铺对面这个人家大门前已凭空多了许多人，门前挂了丧事中的白布，许多小孩子头上缠了白包头，在门外购买东西吃。我还看到那大鱼缸边，有人躬身焚着纸钱银锭，火光熊熊向上直冒，纸灰飞得很高。

我知道这些事情都是真实，就全身拘挛，然而笑了。

我看看那豆腐老板，这个人这时却不如往天那样乐观，显然也受了一种打击，有点支持不住了。他作为没有见到我的样子，回过脸去。我又看号兵，号兵却做出一种讨人厌烦的样子。不知道为什么我这时真有点厌烦这跛脚的人，只想打他一拳，可是我到底没有做过这种蠢事。

到后我问，才知道这女子是昨天吞金死的。为什么吞金，同些什么人有关系，我们当时一点也不明白，直到如今也仍然无法明白。（许多人是这样死去，活着的人毫不觉得奇怪的。）女人一死，我们各人都觉得损失了一种东西，但先前不会说到，却到这时才敢把这东西的名字提出。我们先是很忧郁的说及，说到后来大家都笑了，分手时，我们简直互相要欢喜到相扑相打了。

为什么使我们这样快乐可说不分明。似乎各人皆知道女人正象一个花盆，不是自己分内的东西；这花盆一碎，先是免不了有小小惆怅，然而当大家讨论到许多花盆被一些混账东西长久占据，凡是花盆终不免被有权势的独占，唯有这花盆却碎到地下，我们自然似乎就得到一点安慰了。

可是，回转营里，我们是很难受的。我们生活破坏无余了。从此再也不会为一些事心跳，在一些梦上发痴了。我们的生活，将永远有了一个看不见的缺口，一处补丁，再也不是完全的了。

其实这样女人活在世界上同死去，对于我们有什么关系？假使人还是好好的活下，开差移防的命令一到，我们还有什么希望可言？我们即或驻扎在这里再久，一个跛脚的号兵，一个什长，这两个宝贝，还有什么机会？除了能够同那两只狗认识以外，有何种伟大企图？

第二天，两人很早的就起来，互相坐在铺上对面，沉默无话可说。各人似乎在努力想把自己安置到空阔处去，不再给过去的记忆困扰。各人都要生气，却不知道为什么忽然脾气就坏到这样子。

“为什么眼睛有点发肿？你这个傻瓜！”

号兵因为我嘲笑他，却不取反攻姿势，只非常可怜的望到我。

我说：“难道人家死了，你还要去做孝子么？”

他还是那样，似乎想用沉默作一种良心的雄辩，使我对于他的行为引起注意。

我了解这点，但是却不放弃我嘲骂他的权利。

“跛子，你真是只癞蛤蟆，吃虫蚁，看天上。”

末了他只轻轻的问我：“二哥，你说，是不是死了的人还会复活？”因为这一句痴话我又数说了他好一顿。

两人到豆腐铺时，却见对面铺门极其冷清，门前地下剩余一些白纸钱。我们的朋友，那个年青老板，人坐在长凳上，用手扶了头，人家来买豆腐时，就请主顾自己用刀铲取板上的豆腐。见我们来了，他有了一点点生气，好象是遮掩自己的伤痕，仍然对我们微笑着。他的笑，说明他还依然有个健康的身体和善良的人格。

“为什么？头痛吗？”

“埋了，埋了，一早就埋了！”

“早上就埋了么？”

“天还不大亮就出门了的。”

“你有了些什么事情，这样不快乐？”

“我什么也不。”

他说了后，忙着为我们去取碗盏，预备盛豆浆给我们吃。

坐在那豆腐铺子里望着对面的铺子，心中总象十分凄凉，我同号兵坐了一会儿，就离开这个豆腐铺子，走向一个本地妇人处打牌去了。我们从那里探听得这女人所埋葬的地点，在离城两里的鲢鱼庄上。

不知为什么我一望到那号兵忧郁样子，就使我非常生气要打他骂他。好象这个人的不欢喜样子，侮辱我对那小姑娘的倾心一样。好象他这样子，简直就是在侮辱我。我实在不愿意再同他坐在一个桌上打牌了，就回到连上躺在草垫上睡了。

这夜里跛子竟没有回到连上来。他曾告我不想回连上去睡，我以为他一定在那妇人处过夜了，也不觉得希奇。第二天，我还是不愿意出门，仍然静静的躺在床上。到下午来我的头有点发烧，全身也象害了病，不想吃喝。吃了点姜糖草药，因为必须蒙头取汗，到全身被汗水透湿人醒来时，天已经夜了。

我起身到大殿后面去小便，正是雨后放晴，夕阳斜挂屋角，留下一片黄色。天空有一片薄云，为落日烘成五彩。望到这个暮景，望到一片在人家屋上淡淡的炊烟，听到鸡声同狗声，军营中喇叭声，我想起了我们初来此地那一天发生的一切事情。我想起我这个朋友的命运，以及我们生活的种种，很有点怅惘，有点悲哀。有一个疑问的符号隐藏在心上，对于这古怪人生，不知作何解释，我的思想自然还可以说是单纯而不复杂。

我到后仍然回去睡了，不想吃饭，不想说话，不想思索。我睡下去，不知道有多久时间，只是把棉被蒙了头颅，隐隐约约听到在楼上兵士打牌吵闹的声音，迷迷糊糊见过许多人，又象是我们已经开了差，已经上了路，已经到了地。过去的事重复侵入我的记忆，使我重新看见号兵跌倒时的神气。醒回时好象有人坐在我的身边。把被甩去，才知道灯已熄灭了，只靠着正殿上的大油灯余光，照得出有一个人影，坐在我身边不动。

“瘸子，是你吗？”

“是我。”

“为什么这时节才回来？”

他把脸藏在黑暗里，没有做声。我因为睡了许久，出了两次汗，头昏昏的，这时候究竟已经是什么时候，也依然不很分明，就问他这是什么时候。他还是好象不曾听到我的话样子，毫无动静。

过了一会，他才说：“二哥，真是祖宗有灵，天保佑，放哨的差一点一枪把我打死了。”

“你不知道口令么？”

“我哪里会知道口令？”

“难道已经是十二点过了么？”

“我不知道。”

“你今晚到些什么地方去，这时才回来？”

他又不做声了。我看见放在米桶上兵士们为我预备的一个美孚灯，灯头弄得很小，还可以使它光亮，就要他捻一下灯。他先是并不动手，我第二次又请他做这件事。

灯光大了一点，我才望明白这号兵，全身黄泥，极其狼狈。脸上正如刚才不久同人殴打过样子，许多部分都牵掣着显著受伤的痕迹。我奇异而又惊讶，望到这朋友，不知道如何问他这一天来究竟到过些什么地方，做了些什么事情。我的头脑这时也实在还是有点胡涂，因为先一时在迷糊中我还梦到他从石狮上滚下地的情形，所以这时还仿佛只是一个梦。

他轻轻的轻轻的说：“二哥，二哥，那坟不知道被谁挖掘了。”

“谁的坟呢。”

“好象是才挖掘不久的，我看得很清楚。”他的话，带着顽固神气，使我疑心他已经发了狂。

“我说，你说的是什么人的坟？在什么地方，你怎么知道？”

“我怎么知道？我听人说那大辫子埋在鲢鱼庄，我要去看看。我昨天到过一次，还是很好的。我今天晚上又去，我很分明记到那一条路，那座坟，不知道已经被谁挖了。”

如不是我有点发狂，一定就是我这个朋友发了狂。我明白他所指的坟是谁埋葬在那里了。我象一个疯人，跳了起来，“你到过她的坟上么？你到过她的坟上么？你存什么心？你这畜生……”

这朋友，却毫不惊讶，静静的幽悄的说：“是的！我到过她的坟上，昨天到过，今天又到过。我不是想做坏事的人！我可以赌咒，天王在上，我并不带了什么家伙去。我昨晚上还看到那个土堆，一个上好土馒头，今天晚上全变了。我可以赌咒，看到的是昨晚那座坟，完全不是原来样子。不知谁做了这样事情，不知谁把她从棺木里掏出，背走了。”

我听到这个吓人的报告，却忽然想起一个人来了。但我并不说出口，因为这个人还只在我的心上一闪，就又即刻消失了。我起了一个疑问，以为是这个女子还魂，从棺木中挣扎奔出，这时节或者已经跑回家中同她的爹爹妈妈说话了。我又疑心她的死是假的，所以草草的埋葬，到后另外一个人就又把她掘出，把她救走了。我又疑心这事一定在我这个朋友有了错误，因为神经错乱，忘记了方向和地位，第一次同第二次并不是在同一地方，所以才会发生这种误会。我用许多空想去解释，以为这件事并不完全真实。

后来我问他为什么要到坟边去。他很虚怯，以为我疑心这事他一定已经知道，或者至少事后知道这主谋人是谁，他一连发了七种誓言，要求各样天神作证，分辩他并无劫取女尸的意思。他只是解释他并不预先带有何种铁器作掘墓的人犯。他极力分辩他的行为。他把话说完了，望见我非常阴沉，眼睛里含有一种疑惧神色，如果我当时还不能表示对他的信托，他一定可以发狂把我扼死。

我的病已完全吓走了，我计算应当如何安置这个行将疯狂另一时又必然疯狂的朋友。我用许多别的话为他解说，且找出许多荒唐故事安慰这个破碎心灵。他的血慢慢的冷静，一切兴奋过去后，就不断的喃喃的骂着一句野话。他告给我他实在也有过这种设想，因为听人说吞金死去了的人，如果不过七天，只要得到男子的偎抱，便可以重新复活。他又告我，第一天他还只是想象他到了坟边，听得到有呼救声音，便来作一次侠义事，从墓中把人救出。第二天，他因为听人说到这个话，才又过那里去，预备不必有呼救声音，也把女人掘出。可是到了那里一看坟头已经完全变了样子，棺盖掀在一旁，一个空棺张着大口等候吃人。他曾跳进棺里去看过，除了几件衣服以外什么也不见。一定是有人在稍前一些时候做了这事情，这人一定把坟掘开，便把女子的尸身背走了。

他已经不再请天神作他的伪证了。他诚实而又巨细无遗的同我说到过去一切，我听完了他这些话，找不出任何话来安慰他了。我对于这件事还是不甚相信；我还是在心中打量，以为这事情一定是各人都身在梦中。我以为即或不是完全作梦，到了明天早上，这号兵也一定要追悔今晚所说的话语，因为这种欲望谁也无从禁止，行诸事实仍然不近人情。他因为追悔他的行为，把我杀死灭口也做得出。我这样想着，不免有所预防，可是，这个人现在软弱得如一个妇人，他除了忏悔什么也不能做了。我们有一个问题梗到心上来了，就是我们对于这件事应当如何处置。是不是要去禀告一声，还是尽那个哑谜延长？两人商量了一会，靠着简单的理智，认为这发现我们无权利去过问，且等天明到豆腐铺看看。走了许多夜路的号兵，一双瘸腿已经十分疲倦了，回来又谈了许久，所以到后就睡了。我是大白天睡了一整天的人，这时无论如何也不能再睡了。在灯影下望着这个残废苦闷的脸，肮脏的身，我把灯熄了，坐到这朋友身边，等候天明。

到豆腐铺时间已经不早了，却不见那年青老板开门。昨晚上我所想起的那件事，重新在我心上一闪。门既外边反锁，分明不是晏起或在家中发生何等事故了。我的想象或将成为事实，我有点害怕，拉了号兵跑回连上，把这估计告给了那起过非凡野心的他。他不甚相信事情一定就是这样子，一个人又跑出了许久，回来时，脸色哑白，说他已经探听了别一个人家，知道那老板的确是昨天晚上就离开了他的铺子的。

我们有三天不敢出去，只坐在草荐上玩骨牌。到后有人在营里传说一件新闻，这新闻生着无形的翅翼，即刻就全营皆知了。“商会会长女儿新坟刚埋好就被人抛掘，尸骸不知给谁盗了。”另外一个新闻，却是“这少女尸骸有人在去坟墓半里的石洞里发现，赤光着个身子睡在洞中石床上，地下身上各处撒满了蓝色野菊花。”

这个消息加上人类无知的枝节，便离去了猥亵转成神奇。

我们给这消息愣住了。我们知道我们那个朋友作了一件什么事情。

从此以后我们再也不曾到那豆腐铺里去，坐在长凳上喝那年青朋友做成的豆浆，再也不曾见到这个年青诚实的朋友了。至于我那个瘸子同乡，他现在还是第四十七连的号兵，他还是跛脚，但他从不和人提起这件事情。他是不曾犯罪的，但另外一个人的行为，却使他一生悒郁寡欢。至于我，还有什么意见没有？……我有点忧郁，有点不能同年青人合伴的脾气，在军队中不大相容，因此来到都市里，在都市里又象不大合式，可不知再往哪儿跑。我老不安定，因为我常常要记起那些过去事情。一个人有一个人命运，我知道。有些过去的事情永远咬着我的心，我说出来时，你们却以为是个故事，没有人能够了解一个人生活里被这种上百个故事压住时，他用的是一种如何心情过日子。

一九三〇年八月二十四日